COMPILATION
PASSEPEUR

TRIO TERREUR N° 1

boomerang

6e impression: janvier 2015

Texte et illustrations de Richard Petit

Dépôt légal : Bibliothèque et Archives nationales du Québec, 1er trimestre 2008
ISBN : 978-2-89595-355-5
Imprimé au Canada

Gouvernement du Québec - Programme de crédit d'impôt pour l'édition de livres - Gestion SODEC

Boomerang éditeur jeunesse remercie la SODEC pour l'aide accordée à son programme éditorial.

Nous reconnaissons l'aide financière du gouvernement du Canada par l'entremise du Fonds du livre du Canada (FLC) pour nos activités d'édition.

edition@boomerangjeunesse.com
www.boomerangjeunesse.com

VOTRE PASSEPEUR

POUR UN HORRIBLE CAUCHEMAR

UN LIVRE QUI SE JOUE AVEC LES PAGES DU DESTIN

NO 5 LA MOMIE DU PHARAON DHÉB-ILE

LA MOMIE
DU PHARAON DHÉB-ILE

Texte et illustrations
de
Richard Petit

TOI !

Tu fais maintenant partie de la bande des
TÉMÉRAIRES DE L'HORREUR.

OUI ! Et c'est toi qui as le rôle principal dans ce livre où tu auras bien plus à faire que de tout simplement... LIRE. En effet, tu devras déterminer toi-même le dénouement de l'histoire en choisissant les numéros des chapitres suggérés afin, peut-être, d'éviter de basculer dans des pièges terribles ou de rencontrer des monstres horrifiants.

Aussi, au cours de ton aventure, lorsque tu feras face à certains dangers, tu auras à jouer au jeu des **PAGES DU DESTIN...** Par exemple, si dans ton aventure tu es poursuivi par une espèce de monstre dangereux et qu'il t'est demandé de TOURNER LES PAGES DU DESTIN afin de savoir si ce monstre va t'attraper, la première chose que tu dois tout de suite faire, c'est placer ton doigt tout tremblotant ou un signet à la page où tu es rendu pour ne pas la perdre, car tu auras à y revenir. Ensuite, SANS REGARDER, tu fais glisser ton pouce sur le côté de ton Passepeur en faisant tourner les feuilles rapidement pour finalement t'arrêter AU HASARD sur l'une d'elles.

Maintenant, regarde au bas de la page de droite. Il y a quatre pictogrammes. Pour savoir si le monstre t'a attrapé, il n'y en a que deux qui te concernent,

celui de l'espadrille et celui de la main.

Pour le moment, tu ne t'occupes pas du tout des autres. Ils te serviront dans des situations différentes. Je t'explique tout un peu plus loin.

Comme tu as peut-être remarqué, sur une page il y a une espadrille, et sur la suivante, il y a une main, et ainsi de suite, jusqu'à la fin du livre. Si, par chance, en tournant les pages du destin, tu t'arrêtes au hasard sur le pictogramme de l'espadrille, eh bien bravo ! Tu as réussi à t'enfuir. Là, retourne au chapitre où tu étais rendu. Il t'indiquera le numéro de l'autre chapitre où tu dois aller pour fuir le monstre. Si tu es le moindrement malchanceux et que tu t'arrêtes sur le pictogramme de la main, eh bien, le monstre t'a attrapé. Là encore, tu reviens au chapitre où tu étais, mais tu auras par contre à te rendre au chapitre indiqué où tu tomberas entre les griffes du monstre.

Lorsqu'on te demandera de TOURNER LES PAGES DU DESTIN, tu n'utiliseras, selon le cas, que les DEUX pictogrammes qui concernent l'événement. Voici les autres pictogrammes et leur signification.

Pour déterminer si une porte est verrouillée ou non :

 Si tu tombes sur ce pictogramme-ci, cela signifie qu'elle est verrouillée.

 Si tu t'arrêtes sur celui-ci, cela signifie qu'elle est déverrouillée.

S'il y a un monstre qui regarde dans ta direction :

 Ce pictogramme veut dire qu'il t'a vu.

 Celui-ci veut dire qu'il ne t'a pas vu.

Aussi, au cours de ton aventure, tu auras à jouer une partie de « roche, papier, ciseaux » avec ton amie Marjorie. Au lieu de te servir de tes mains, tu joues en tournant les pages du destin deux fois : une fois pour Marjorie et une deuxième fois pour toi. Voici la valeur de chacune des figures : le papier enveloppe la pierre (il est donc gagnant face à la pierre), mais il est coupé par les ciseaux (les ciseaux gagnent contre le papier). Les ciseaux se brisent sur la pierre (la pierre gagne contre les ciseaux).

 Ce pictogramme représente la roche.

 Celui-ci représente le papier.

 Et enfin ce dernier représente les ciseaux.

Ta terrifiante aventure débute au chapitre 1. Et n'oublie pas : une seule fin te permet de terminer... *La momie du pharaon Dhéb-Ile*.

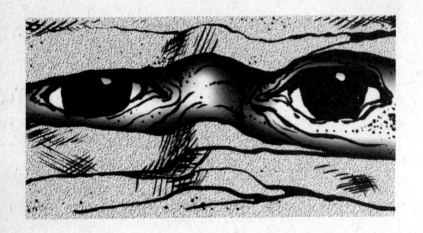

1

Ouf ! Quelle journée...

Oh oui, en effet ! C'est une longue et passionnante sortie de classe au musée Beautruc qui est sur le point de se terminer. En commençant par les gigantesques squelettes de dinosaures jusqu'aux trésors provenant du vieux temple de Karnak, en Égypte, aujourd'hui vous aurez vraiment vu des tas de choses. Il n'y a rien d'étonnant là-dedans, car madame Duguay, votre prof, c'est vraiment une passionnée d'art et d'histoire : « Observez cette peinture, les enfants. N'est-elle pas... MAGNIFIQUE ? Regardez celle-ci et puis celle-là, vous a-t-elle répété toute la matinée. Admirez cette sculpture abstraite aux formes si curieuses !

— On dirait une grosse poubelle toute cabossée tombée d'un camion à ordures », lui a répondu Marjorie pour se moquer.

Après le goûter du midi, le musée vous a fourni des guides audio, espèces de magnétophones accrochés à la taille par une ceinture et munis d'écouteurs. Marjorie, Jean-Christophe et toi avez tout de suite remplacé la cassette du musée par celle de votre groupe préféré de musique rap. Plusieurs fois, devant un tableau, Jean-Christophe s'est balancé la tête au rythme de la musique et tu as craint qu'il se fasse prendre.

« Ça va être ta fête si tu te fais attraper, l'as-tu prévenu, et tu peux me croire, il n'y aura pas de gâteau, seulement tes parents, le directeur et toi...

— PFOU ! » t'a-t-il soufflé, indifférent et pas inquiet des conséquences.

En fait, tu oublies quelquefois qu'il n'y a pas grand-chose qui l'énerve, ton ami Jean-Christophe. Parmi la bande des Téméraires de l'horreur que vous formez tous les deux avec sa sœur Marjorie, il est de loin le plus *cool*. Souviens-toi de votre voyage en Angleterre. Lors d'une visite guidée de la tour de Londres, le fantôme du bourreau qui hantait les lieux depuis plus de 200 ans était soudain apparu... UNE HACHE À LA MAIN !

Terrifiés, Marjorie et toi aviez pris la poudre d'escampette. Jean-Christophe, lui, au lieu de s'enfuir avec vous, s'était affublé d'une couronne qui était exposée dans une vitrine. S'improvisant roi d'Angleterre, il avait engueulé le fantôme comme du poisson pourri. Confus, le revenant s'était enfui en traversant un mur. Cette histoire avait vite fait le tour du quartier.

Il est 16 h 55. Perdu dans ces souvenirs, tu déambules d'une salle à l'autre sans te rendre compte que Jean-Christophe, Marjorie et toi avez pris du retard sur les autres élèves; en fait vous ne les voyez nulle part. La musique provenant de ton guide audio couvre complètement les haut-parleurs du musée qui soudain crachotent : « Le musée fermera ses portes dans deux minutes ; nous demandons à tous les visiteurs de se diriger sans tarder vers la sortie. Merci de votre collaboration. »

N'ayant rien entendu de tout cela, vous poursuivez votre visite. Plus loin, vous vous retrouvez devant une vitrine où tous les trois, les mains appuyées sur les genoux et le visage grimaçant de dégoût, vous examinez un gros couteau aztèque au manche recouvert de pierres turquoises ayant servi à des sacrifices humains. À l'instant même où tu te relèves, la bande magnétique arrive à sa fin puis **CLOC !** ton magnétophone s'arrête. Tu retires les écouteurs de tes oreilles et constates que vous êtes maintenant seuls dans la salle.

« Mais où sont donc passés les autres ? demandes-tu à Marjorie, qui a elle aussi enlevé ses écouteurs.

— Peut-être qu'ils se sont cachés pour nous flanquer la frousse, lance-t-elle d'un air complètement égaré. Enfin, je l'espère... »

Sur la pointe des pieds, vous balayez des yeux le large corridor bordé de statuettes qui s'étire devant vous sur plusieurs dizaines de mètres... IL N'Y A PERSONNE !

Soudain, au bout du couloir, un léger bruit survient CLIC ! et les lumières de la salle la plus éloignée s'éteignent. Puis un autre, CLIC ! et d'autres lumières s'éteignent... Plusieurs CLICS ! successifs se font entendre, et les galeries se retrouvent une à une dans la pénombre, jusqu'à ce que le corridor dans lequel vous vous trouvez soit finalement plongé lui aussi dans la noirceur... CLIC !

« Qu'est-ce qui se passe ? demande tout à coup Jean-Christophe, qui écoutait toujours sa musique. Où sont les autres ? Où est madame Duguay ?

— Je n'en sais rien, moi, lui répond sa sœur. Ce n'est pas nous qui avons touché à l'éclairage. Nous cherchions tout simplement les autres lorsque curieusement tout s'est éteint.

— Il n'y a qu'une explication à tout cela, leur réponds-tu... LE MUSÉE VA FERMER !

— VITE ! IL FAUT RETOURNER À L'ENTRÉE ! s'écrie Marjorie. Mais par où passer ? On a tellement zigzagué dans la journée que je ne sais plus où on est...

— Dans cette direction ! » lui montres-tu en pointant du doigt un panneau indicateur.

Vous vous engouffrez au pas de course dans le passage qui débouche, comme c'était indiqué, sur l'entrée principale du musée. Là aussi l'éclairage a été réduit au minimum. Au stand d'information et à la billetterie... IL N'Y A PLUS PERSONNE. Tu te jettes rapidement sur la porte d'entrée. **BANG** !

« Elle est verrouillée, constates-tu en soupirant. Dites-moi que je me trompe, ILS NOUS ONT OUBLIÉS ET ENFERMÉS DANS LE MUSÉE ! »

Rendez-vous maintenant au numéro 5.

2

La galerie dans laquelle sont exposés les trésors de l'ancienne Égypte est IMMENSE... À l'entrée, la grande statue immobile du dieu Anubis semble attendre de pied ferme, comme elle le faisait il y a 5000 ans, les pilleurs de trésors. Une torche allumée fait vaciller son regard cruel.

Au centre de la galerie se trouve la pyramide noire du Pharaon Dhéb-Ile. Elle a été transportée, bloc de pierre par bloc de pierre, et reconstruite ici minutieusement et dans les moindres détails. Devant vous, un chemin de sable vous invite à pénétrer dans la pénombre même de la pyramide.

« NON ! s'oppose Marjorie en te voyant t'y diriger. Rappelle-toi ce que madame Duguay nous a dit ce matin : cette pyramide est une vraie souricière, on pourrait se perdre dans le dédale de couloirs sombres. Il faut plutôt aller de ce côté, précise-t-elle en pointant du doigt le mastaba des soldats du pharaon...

— LE MASTABA ! répliques-tu. T'es folle de naissance ou t'as suivi des cours ? Cet endroit est plein de squelettes puants.

— Peut-être que Marjorie a raison, reprend Jean-Christophe. C'est une grande pyramide, on pourrait s'y perdre... »

Contente que son frère soit du même avis qu'elle, Marjorie te fait une grimace et te tire la langue...

« J'ai compris, lui dis-tu. Nous allons jouer une partie de "roche, papier, ciseaux". Nous irons du côté de celui qui gagnera. »

Pour jouer, tu dois TOURNER LES PAGES DU DESTIN, deux fois. La première fois pour Marjorie, la seconde fois pour toi.

Si Marjorie remporte la partie, vous passerez par le mastaba en vous rendant au numéro 47.

Si c'est toi qui gagnes, vous passerez, comme tu le désires, par la pyramide qui se trouve au numéro 17.

3

D'un coup de karaté, **SWOUCH !** tu brises et écartes de votre chemin les toiles d'araignée.

« OUACHE ! » fais-tu, la main couverte de fils gluants.

Vous entrez... Grande salle sombre, étagères poussiéreuses, statues égyptiennes brisées et entreposées pêle-mêle, morceaux de vieux vases sur le plancher... Tu le vois assez vite, tout ce bazar signifie que vous êtes tombés sur la tristement célèbre « SALLE VII » du musée. Tristement célèbre, car selon d'étranges rumeurs qui circulent dans le quartier Outremonstre, cette salle serait habitée par une sorte d'animal fantôme venu du passé.

« Ça n'arrive qu'à nous, ce genre de chose, se lamente Marjorie en reconnaissant elle aussi l'endroit. Avec toutes ces malchances, je crois que nous devrions troquer le nom de la bande des Téméraires de l'horreur pour celui des "rois de la guigne" ».

D'accord avec ton amie, tu hausses les épaules et tu lui laisses entendre un soupir d'approbation.

« Il y a au moins une chose que j'aurai apprise aujourd'hui, ajoute Jean-Christophe ; c'est qu'il ne faut pas quitter d'une semelle le prof pendant les sorties de l'école... »

Vous progressez petit à petit à travers tout un bric-à-brac d'objets d'art. Devant toi, une statue brisée au visage de chacal a le buste penché vers l'avant. C'est Anubis, le dieu des morts de l'Égypte ancienne. En passant sous son visage de granit, tu ne peux retenir un frisson qui te parcourt l'échine.

Au centre de la salle, un projecteur rouge met en évidence la statue d'un vautour géant.

« C'est le vautour Nekhabi, l'oiseau de la mort du dieu Anubis, raconte Jean-Christophe. Il était chargé d'emporter dans les cimetières antiques le corps des défunts. Un jour, le vautour est devenu fou furieux et emmena à la nécropole une petite fille encore vivante. La légende raconte qu'il fut puni par Khonsou, le dieu de la lune, qui l'attacha avec une grosse chaîne sur un bloc de calcaire afin de l'empêcher de s'envoler. Ensuite, il le changea... EN PIERRE. »

Approchez-vous de la statue, elle se trouve au numéro 55.

4

Vous commencez à descendre une à une les marches de pierre reluisante de cet escalier qui semble vouloir s'étirer jusqu'à l'infini. « C'est un miracle que les murs tiennent encore debout, remarques-tu, avec cette pourriture qui les ronge... »

Après quelques minutes, tu t'habitues finalement à l'odeur infecte. Marjorie, par contre, se pince toujours le nez avec ses doigts.

« POUAH ! Que cet endroit est dégoûtant », fait-elle, accrochée à ton bras pour ne pas glisser.

Enfin arrivé tout en bas, tu poses les yeux sur ce qui reste des douves. Le grand fossé rempli d'eau qui protégeait autrefois le château des armées d'invasions n'est plus qu'un long marais transpercé de quenouilles mortes et parsemé de nénuphars.

Sur la rive, un petit objet blanc attire votre attention : Jean-Christophe le ramasse...

« C'est une dent ! constate-t-il. Une dent de... »

CLAC ! Le bruit d'une mâchoire qui se ferme l'interrompt.

« ... DE CROCODILE ! cries-tu en apercevant le gros reptile caché dans l'ombre. PLONGEZ VITE DANS L'EAU !

— T'as le cerveau qui disjoncte ! proteste Marjorie. Cette eau est sale, on risque de se retrouver avec toutes sortes de maladies ! »

Le crocodile fait à nouveau claquer sa mâchoire. CLAC !

« ALLEZ, PLONGE ! lui commandes-tu. Tu préfères te faire bouffer ? »

METTEZ TOUTE LA GOMME ET NAGEZ JUSQU'AU NUMÉRO 8.

5

Non, tu ne te trompes pas, on vous a bel et bien enfermés dans le musée. Qu'allez-vous faire maintenant ? Tout est contrôlé électroniquement : de l'éclairage jusqu'au branchement des lignes téléphoniques, en passant par le verrouillage automatique des portes. Il n'y a pas moyen de sortir ou d'appeler pour avoir de l'aide...

« Tonnerre de tonnerre, nous voilà avec un sérieux problème sur les bras, s'exclame Jean-Christophe.

— Il faut trouver le panneau de contrôle, suggère Marjorie. Il doit sûrement y avoir une salle de commande, une sorte de pièce dans laquelle on trouvera l'ordinateur central de la sécurité de l'édifice. Il nous suffit de trouver cet ordinateur. Là, nous réussirons peut-être à rebrancher le téléphone.

— Il y a des jours où tu fais preuve d'un soupçon de génie », la complimente son frère.

Tu jettes un coup d'œil rapide aux alentours. Audessus d'une porte à deux battants, tu remarques une pancarte qui indique : ATELIER DE RESTAURATION, VISITEURS INTERDITS. De la tête, tu fais signe à tes amis de te suivre. Doucement, tu pousses sur cette porte qui s'ouvre sur un long couloir sombre, et disons-le... LUGUBRE.

« Allons-y quand même », s'exclame Jean-Christophe.

Prudemment, vous marchez jusqu'à l'atelier de restauration. Là, vous découvrez une grande pièce bourrée d'appareils étranges. À côté d'un grand bac où bouillonne un drôle de liquide violet, il y a, posé sur une table, le mystérieux papyrus trouvé tout près de la momie du pharaon Dhéb-Ile. À côté du vieux papyrus, il y a un carnet. Tu le prends...

« C'est le carnet de notes des égyptologues. Ils ont finalement réussi à déchiffrer une partie des hiéroglyphes, remarques-tu en lisant les premières lignes.

— LAISSE CE CARNET ! gronde Marjorie. Ça ne nous concerne pas, allons plutôt chercher cet ordinateur...

— C'est ce que tu crois ! Eh bien ! Écoutez ça : un simple regard porté sur les trésors égyptiens de la crypte de Karnak attirera sur les profanateurs la vengeance du pharaon Dhéb-Ile. Sa momie, tirée de son sommeil éternel, traversera le royaume des morts pour exécuter le terrible châtiment tous les 1000 ans à compter de... »

Immédiatement, un frisson te traverse le dos.

« Oh non ! t'exclames-tu. Si cette légende est véridique, la momie du musée revient à la vie tous les 1000 ans et si je fais rapidement le calcul... ÇA TOMBE PILE CE SOIR !

— Nous de-devons à tout prix re-remettre les lignes téléphoniques en fon-fonction, bafouille Marjorie, et au plus vite. Il faut trouver coûte que coûte l'ordinateur central si nous ne voulons pas finir entre les griffes de cette momie.

— Et moi qui trouvais ma vie un peu ennuyeuse avant de vous rencontrer », leur dis-tu en les suivant dans le corridor.

Plus loin, un grand plan du musée appliqué sur un mur vous arrête dans votre course. Malheureusement, il ne fait aucunement mention de l'endroit où pourrait se trouver cet ordinateur central.

Allez examiner ce plan au numéro 10.

Oui ! Tu as raison, ces monstres qui vous regardent d'une façon bien goulue ont réussi à sortir du tableau. Mais, pour le moment, il n'y a que toi qui s'en est aperçu...

Alors tu te pinces la joue afin d'avertir Jean-Christophe et Marjorie. Pour les Téméraires de l'horreur, c'est une façon discrète de signaler aux autres un danger imminent. Message reçu, te répondent-ils en se pinçant la joue à leur tour.

Vous reculez tous les trois, mine de rien,

jusqu'au fond de la galerie. Un bruit furieux survient lorsque les quatre monstres s'élancent à votre poursuite.

BRRROOOUUUMMM !

« C'EST PAS LE TEMPS DE MOISIR ICI ! cries-tu. Il faut se séparer avant qu'ils ne nous atteignent ! TOUT DE SUITE ! »

Vous inspirez un bon coup, puis vous vous mettez à courir à toutes jambes dans tous les sens. Poussés par la crainte d'être attrapés par ces monstres assoiffés de sang, vous zigzaguez follement dans la salle. Quelques minutes passent, puis, tout étourdis par votre chorégraphie déconcertante, vos quatre poursuivants s'arrêtent au beau milieu de la salle et s'effondrent inconscients sur le sol.

OUF ! Reprends ton souffle, et ensuite tourne ces pages jusqu'au numéro 18.

7

Le temps presse. Vous vous précipitez vers les salles abandonnées. Dans le corridor, tu te sens épié, surveillé. C'est peut-être à cause de toutes ces fenêtres qui ressemblent à des grands yeux. Un peu plus loin, une affiche rouillée placée sur une colonne annonce : GALERIES ABANDONNÉES...

À la vue des dizaines de chauves-souris poilues perchées au plafond, Marjorie pousse un cri, AAAAHHHHH ! qui te fait sursauter.

Plus loin encore, vous traversez une passerelle surplombant un petit bassin qui faisait autrefois partie du décor. Maintenant, ce n'est plus qu'une mare d'eau morte de couleur verte.

« À en juger par les ossements tout autour, remarque Jean-Christophe, les poissons rouges qui ont été oubliés ici sont devenus carnivores avec le temps ! »

Tu ravales avec peine, car tu sais que le danger vous guette.

Arrivés de l'autre côté, vous êtes accueillis par une voûte de pierre surplombant deux grandes portes. La première a une serrure toute rouillée. La deuxième a été arrachée de ses gonds et en plus elle montre des traces... DE GRIFFES !

Il serait beaucoup moins dangereux pour vous de passer par la première porte, mais est-elle verrouillée ? Pour le savoir, TOURNE LES PAGES DU DESTIN.

Si elle n'est pas verrouillée, tourne la poignée et entrez par le numéro 13.

Si, par contre, elle est verrouillée, quel malheur ! Vous devrez passer par celle qui a été défoncée par un quelconque monstre. Elle se trouve au numéro 20.

8

Le crocodile sort de la pénombre et se laisse glisser sur son gros ventre afin de s'enfoncer sous l'eau. Vous vous mettez aussitôt à nager comme des fous. Les yeux écarquillés du reptile percent la surface du marais pas très loin derrière vous.

« PLUS VITE ! PLUS VITE ! » crie Jean-Christophe en accélérant la cadence.

Le dangereux crocodile se rapproche et nage maintenant dans ton sillage... Tes bras commencent vraiment à te faire mal.

Plus loin, ça se gâte encore plus. Deux autres crocodiles, qui étaient juchés sur un îlot de débris, plongent dans l'eau glauque et partent eux aussi à la quête d'une petite collation : VOUS !

Vous nagez le plus vite possible jusqu'à l'autre côté du marais. Là, à bout de souffle, vous sortez péniblement de l'eau et montez en catastrophe quelques marches pour finalement aboutir à l'entrepôt du musée. Un tas de grosses caisses en bois vous barrent la route. L'une d'elle est ouverte. Tu remarques qu'elle est remplie de masques funéraires représentant les divinités égyptiennes. Tu te rappelles tout à coup avoir lu dans un livre d'histoire que, dans l'ancienne Égypte, les redoutables crocodiles du Nil ne craignaient qu'une seule chose : LE DIEU ANUBIS...

Alors tu te mets à penser : « Peut-être que si je portais le masque du dieu Anubis, je pourrais réussir à les effrayer ! » Ça vaut la peine d'essayer. Mais lequel de ces masques est-ce ?

Regarde cette illustration, et rends-toi ensuite au numéro inscrit sous le masque que tu crois être celui d'Anubis...

9

La porte de la biblio est verrouillée.

Vous rassemblez donc tout ce qui vous reste de courage et vous vous engouffrez dans l'ouverture du passage secret. Tout de suite, un courant d'air te fouette le visage. Il transporte avec lui une odeur âcre qui te fait toussoter. **KOUF ! KOUF !** Plus loin, tu te rends compte qu'en plus des ossements qui gisent pêle-mêle un peu partout, du sang a volé sur les murs. Cet endroit a été le théâtre de quelque chose de vraiment grave.

En contournant un tas d'os polis, vous remarquez une grosse silhouette endormie dans la partie la plus éloignée de la pièce. À pas de loup, vous vous approchez.

« Mais qu'est-ce que ce gros machin gluant et parsemé de poils ? demande Marjorie à voix basse.

— EURK ! Sur une échelle de 0 à 10, murmures-tu, je donne une note de 12 à cette horreur...

— C'est un ver géant du Sahara ! répond Jean-Christophe. Cette bête monstrueuse et toute gluante était l'animal favori du pharaon Dhéb-Ile. Un simple toucher de cet être visqueux, et on se retrouvera avec plein de bobos, précise-t-il. Il faut sortir d'ici avant que ce gros monstre ne se réveille. »

Il n'y a donc pas une minute à perdre. Vous vous dirigez sans attendre vers une porte. Tout près, il y a un squelette appuyé sur le mur.

« C'est le cadavre du gardien disparu depuis des années, chuchote Marjorie. Même s'il n'en reste pas grand-chose, je le reconnais par son képi et son uniforme. »

Tu tournes la poignée dans un sens puis dans l'autre. La porte ne s'ouvre pas, elle est... VERROUILLÉE ! Tu réfléchis quelques secondes...

« Fouillons le squelette du gardien, leur dis-tu. Il doit certainement avoir sur lui le passe-partout du musée, cette fameuse clé qui ouvre toutes les serrures. »

Maîtrise ta peur et rends-toi ensuite au numéro 12.

10

L'ordinateur central de la sécurité du musée doit certainement se trouver à l'un de ces endroits. Rendez-vous ensuite au numéro où vous croyez qu'il se trouve. Est-ce dans :

... la grande galerie des trésors de l'ancienne Égypte au numéro 2 ?

... les salles fermées et abandonnées au numéro 7 ?

... le donjon et les douves de l'ancien château au numéro 26 ?

... les pavillons des peintures étranges au numéro 29 ?

... la rotonde de la bibliothèque au numéro 36 ?

Pense vite ! Car le temps presse...

L'œil placé dans l'ouverture, tu arpentes du regard les rues à la recherche d'un passant, mais il n'y a personne. Tu décides d'essayer de crier comme un beau diable dans la fente de la meurtrière : « À L'AIDE ! S'IL VOUS PLAÎT QUE QUELQU'UN PRÉVIENNE LA POLICE ! IOU-OUUUU ! NOUS SOMMES ENFERMÉS DANS LE MUSÉE ! »

Pour toute réponse, tu n'entends que des furieux battements d'ailes...

FLOP ! FLOP ! FLOP !

Tes cris n'ont fait qu'alarmer une nuée de chauves-souris qui étaient cachées entre les merlons du donjon.

FLOP ! FLOP !

L'une après l'autre, elles entrent dans le donjon en pointant vers vous leurs dents coupantes, longues et pointues. Il n'y a aucun doute, CES CHAUVES-SOURIS VAMPIRES ONT SOIF !

Tu cherches tout autour s'il n'y aurait pas de l'ail ou une croix, ou quelque chose d'autre qui pourrait les éloigner, mais il n'y a rien. Désespéré, tu fais une ultime tentative : tu croises les doigts devant les chauves-souris de façon à former une croix. Mais ça ne marche pas, les petits vampires volants ARRIVENT DROIT SUR VOUS !

Ce soir, les Téméraires de l'horreur vont en voir de toutes les couleurs... surtout du ROUGE.

FIN

12

Tu te penches sur le cadavre.

« Plus dégoûtant que ça, tu meurs ! » te dit Marjorie avec un sourire forcé.

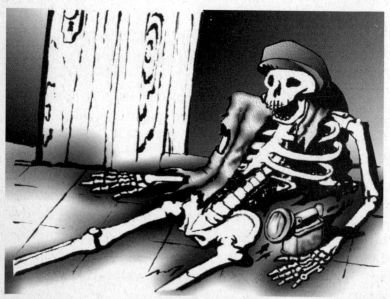

Il te faut absolument trouver la clé. Cherche bien dans cette illustration : si tu la trouves, fuis au numéro 28. Par contre, si tu ne la trouves pas, rends-toi au numéro 64. VITE ! Le gros ver monstrueux est sur le point de se réveiller...

13

La grande porte en bois cloutée s'ouvre assez facilement. Une fois à l'intérieur de la galerie, vous remarquez tout de suite sur le plancher un morceau de tissu jaune et taché. Tu le ramasses...

« Il n'y a pas de doute, dis-tu en leur montrant le tissu, C'EST UNE BANDELETTE ! »

Comme tu sais, il n'y a pas de bandelette sans momie. Alors tu laisses tomber la pièce de vieux tissu et vous vous catapultez vers la sortie. Mais BANG ! LA PORTE SE REFERME...

« Qui a fermé la porte ? te demande Marjorie, tout apeurée.

— Je n'en ai aucune idée, lui réponds-tu. Tout ce que je sais, c'est qu'elle est maintenant verrouillée », lui annonces-tu après avoir tourné la poignée dans tous les sens.

Vous vous regardez tous les trois comme pour vous dire adieu, puis vous sondez du regard les moindres recoins sombres de la galerie. Des caisses vides, de vieux tableaux déchirés, des tas de cochonneries et... UN SARCOPHAGE !

« Ce vieux tas de guenilles est certainement couché dans ce sarcophage, murmure Marjorie. Il y a des bandelettes qui dépassent...

— Il faut trouver une façon de sortir d'ici avant que la momie ne se réveille, proposes-tu à Jean-Christophe. Nous pourrions passer par ce soupirail dans le plancher, mais il est très profond et nous n'avons pas de corde...

— *Attendez ! J'ai peut-être la solution, s'exclame-t-il, suivez-moi jusqu'au numéro 88.* »

14

Le petit coffret s'ouvre, mais tu fermes les yeux parce que, maintenant, tu ne sais plus trop si tu devrais regarder dedans.

Alors qu'enfin tu te décides à y jeter un coup d'œil, un cri à faire dresser les cheveux t'arrête : YOOOOUUUU ! Puis une silhouette vêtue d'une robe rouge vaporeuse et portant une bougie allumée avance vers vous comme si elle flottait au-dessus du plancher.

C'EST LA REVENANTE DU MUSÉE !

Jean-Christophe et Marjorie filent se cacher derrière un tas de vieux meubles. Toi, tu restes là, les jambes comme du coton et paralysé de peur...

L'étrange apparition tend son bras translucide vers toi...

Découvre la suite au numéro 31.

15

« Attends avant de presser sur ce bouton ! t'avertit Marjorie. Ce n'est peut-être pas un passage secret...

— Qu'est-ce que tu penses ? Tu crois que c'est une gigantesque distributrice de gommes à mâcher ? se moque Jean-Christophe. Regarde bien, petite nouille », lui lance-t-il en donnant un coup de poing sur le bouton.

SCHHHHH ! Sur le socle de la statue, une petite porte s'ouvre.

Insultée, Marjorie expédie une petite taloche derrière la tête de son frère. **PAF** !

« Tu sais que je n'aime pas que l'on m'appelle comme ça ! grogne-t-elle. Ce... n'est... »

Le cri du vautour étouffe ses mots.

AAAAAOOOOOORR !

L'affreux volatile tourne sa tête monstrueuse vers vous. Ses yeux rouges de rage vous fixent du haut de la statue. Est-ce le « SCHHHHH ! » de la porte qui l'a alerté ou le « PAF ! » de la taloche que Marjorie a donnée à son frère ? Ce n'est plus vraiment important, puisque maintenant... IL VOUS ATTAQUE !

Pour savoir si Nekhabi le vautour va vous attraper, *TOURNE LES PAGES DU DESTIN.*

S'il vous attrape, allez au numéro 63.
Si vous avez réussi à vous enfuir, décampez jusqu'au numéro 53.

16

Vous arrivez tout essoufflés dans une vaste et macabre caverne. Des ossements éparpillés un peu partout jonchent le sol. Dans un coin, il y a un gros trou garni de branchages et de pailles. On dirait le lit d'un animal quelconque. Tout autour, une série d'empreintes confirment qu'une bête féroce et sans doute affamée habite ce lieu.

Tout près, une grosse chaîne pend de la paroi, ancrée dans la roche...

« J'ai lu dans l'*Encyclopédie noire de l'épouvante* qu'il n'y avait qu'une créature capable de briser des maillons de chaîne aussi énormes, raconte Jean-Christophe. Il n'y a que GIZA, LE SPHINX, le plus terrifiant monstre de l'Antiquité... »

Le silence inquiétant est tout à coup brisé par une voix d'outre-tombe qui se rapproche et qui crie : « QUI A OSÉ PROFANER MA DEMEURE ? »

Pris de panique, tu cherches une cachette. Marjorie, qui gardait ses yeux rivés sur l'entrée de la caverne, s'agrippe à ton gilet. Vous reculez tous les trois, puis vous tombez dans la couche du monstre.

Empêtré dans la paille, tu as peine à te relever. Finalement, tu réussis à sortir la tête du trou...

Le monstre fait son apparition et vous fait sursauter d'effroi. Il s'agit bien de Giza, le premier « monstre-mutant » que la terre ait connu. Depuis 4500 ans, il n'a rien perdu de son appétit gargantuesque. Ce lion à tête humaine et à la bouche répugnante grogne **GRRRROOOOUW!** et vous cherche... VOUS VERRA-T-IL ?

*Pour savoir si ce monstre va vous voir, **TOURNE LES PAGES DU DESTIN.***

S'il vous a vus, tous les trois cachés dans son lit de paille, allez au numéro 43.

Par contre, s'il ne vous a pas vus, la suite de votre aventure se trouve au numéro 90.

17

La pyramide noire du pharaon Dhéb-Ile ressemble à un volcan impétueux sur le point de faire éruption. Vous avancez timidement vers l'entrée du grand tombeau. Marjorie, qui a perdu au jeu de « roche, papier, ciseaux », bougonne loin derrière vous, car, comme tu sais, Madame n'aime pas perdre.

« Quel jeu stupide », se lamente-t-elle en donnant des coups de pied dans le sable.

Un cobra serpente sur le sol et traverse le chemin tout près d'elle... **SHHHHHH !**

« OUAH ! » crie-t-elle en courant vous rejoindre.

Tu te tournes vers l'entrée pour t'apercevoir que, pour ouvrir la grande porte de calcaire, il vous faudra tout d'abord déchiffrer les hiéroglyphes. Tu t'agenouilles devant les symboles. Un autre cobra apparaît **SHHHH !** et file aussitôt dans l'ombre de la pyramide.

Plusieurs autres de ces serpents venimeux semblent vous tourner autour... **SHHHH ! SHHHH ! SHHHH !**

Ça se gâte ! Précipitez-vous au numéro 25.

18

« Salut, les monstres ! À un de ces quatre... », s'exclame Marjorie, heureuse de quitter la galerie des tableaux étranges. Elle qui était tantôt blanche comme un drap commence à retrouver ses couleurs.

« Où sommes-nous maintenant ? demande Jean-Christophe. C'est quoi cette espèce de long corridor qui monte en pente ?

— Je n'en ai aucune idée, lui réponds-tu. De toute façon, où que nous soyons rendus, ça ne peut pas être plus dangereux que cette galerie pleine de monstres débiles...

— Moi je n'en suis pas aussi sûr, fait-il. REGARDE !... »

À l'extrémité la plus élevée du corridor trône un colossal lion de granit au regard cruel. Monté sur des roues de bois, il semble attendre l'instant propice afin de s'élancer et d'écraser quiconque oserait s'aventurer au-delà de ce passage. Le sol, lui, est constitué d'une série de dalles en pierre ; chacune d'elles porte une lettre.

« SAPRISTI ! s'exclame Jean-Christophe. C'est : "LE COULOIR DE LA COLÈRE DIVINE".

— Le mouchoir de qui ? demande Marjorie, tout hébétée.

— Pas le mouchoir, le cooouuuuloir de la colère divine, reprend-il. C'est une réplique du couloir de la colère divine qui a été trouvé dans le fameux temple de Karnak, en Égypte. D'après ce que je peux voir, ce piège infernal semble fonctionner réellement, ajoute-t-il en se tenant la tête entre les mains.

— Il vaudrait peut-être mieux retourner en arrière, suggères-tu. Passer par ce couloir me semble vraiment très risqué...

— C'est trop tard, te dit Jean-Christophe, car tu as posé le pied sans t'en rendre compte sur la première dalle ! Maintenant, si nous voulons sortir d'ici vivants, nous devons franchir le couloir en mettant les pieds sur les autres dalles de façon à épeler correctement le nom du pharaon jusqu'à la sortie. Une seule faute, et le mécanisme libérera le lion de pierre et nous serons écrabouillés... »

T'en souviens-tu ? Si tu crois que le nom du pharaon s'écrit *DHÉB-ILE*, rends-toi au numéro 39. Si tu penses qu'il s'écrit *DÉHB-ILE*, va au numéro 58.

19

À pas prudents, tu t'approches d'un petit sarcophage, qui porte en effet le sceau royal de la reine. Maintenant, c'est sûr, ils contiennent vraiment des matous-momies. Vous reculez sur la pointe des pieds, car, dans ce tas de sarcophages, il y a certainement un chat à qui il reste encore quelques-unes de ses neuf vies.

Un grincement se fait tout à coup entendre : **CRIIIIIIII** ! Comme tu le craignais, un des petits sarcophages vient de s'ouvrir, et un énorme chat enroulé dans des bandelettes bondit avec un miaulement caverneux... **MIAUUUUUUU** ! Le dos courbé, les griffes bien ancrées dans le sol, il se prépare à se jeter sur vous...

Ton cœur bat très fort dans ta poitrine. Du coin de l'œil, tu aperçois la sortie de la chambre mortuaire. Allez-vous avoir le temps de fuir avant qu'il ne vous attrape ?

*Pour le savoir, **TOURNE LES PAGES DU DESTIN.***

S'il t'attrape, esquisse un signe de croix et rends-toi ensuite au numéro 40.

Si, par chance, vous avez réussi à vous enfuir, courez jusqu'au numéro 76.

20

Suivi de tes amis, tu t'enfonces dans cette grande galerie plutôt sombre. Les néons clignotent et répandent sporadiquement leur lumière comme le fait un stroboscope. Partout, de grands vases chinois, des statues de granit et des peintures empilées pêle-mêle rendent pénible la traversée de la salle.

« Si ma mère voyait ce fourbi, lance Jean-Christophe, elle dirait que ça ressemble en tous points au contenu des tiroirs de ma commode. »

Tu essaies d'oublier ton anxiété, mais c'est impossible : ces reliques poussiéreuses te donnent la chair de poule. Dans un coin, deux rats affamés ont entrepris de calmer leur appétit en grignotant un vieux gâteau tombé d'un distributeur de friandises.

Jean-Christophe jette toute sa monnaie dans la machine CLING ! CLING ! CLING ! et tire une des poignées. Une multitude d'araignées dégringolent dans le réceptacle des friandises et partent dans toutes les directions...

« BEURK ! fait-il...

— Tu as encore faim ? » lui demande sa sœur en bougeant les mains pour imiter les pattes d'une araignée.

Poursuivez votre chemin jusqu'au numéro 82.

21

Comme tu sais, le musée est constitué de très vieux édifices réunis les uns aux autres par une série de longs passages et d'escaliers. La galerie dans laquelle vous vous trouvez ressemble à une grande baraque délabrée et disjointe. C'est à se demander si ce ne sont pas les tableaux accrochés aux murs qui empêchent le tout de s'effondrer.

« Ils sont vraiment curieux, ces tableaux, soulignes-tu. Les formes et les couleurs changent au fur et à mesure qu'on s'en approche.

— Personne ne sait vraiment qui les a peints, mentionne Jean-Christophe. On raconte qu'au XVIIIe siècle un esprit malin aurait rapporté ces tableaux de la ville de Pandémonium, la capitale de l'enfer, pour effrayer les vivants.

— Eh bien ! Moi, je suis vivante et je n'ai pas peur du tout, grommelle Marjorie, le nez collé sur le tableau comme pour le narguer.

— PETITE SOTTE ! lui cries-tu. Et si c'était vrai, cette histoire ? Nous avons bien assez d'ennuis comme ça, on n'a pas besoin que tu en rajoutes... »

Vous poursuivez votre route, jetant de temps à autre un coup d'œil craintif aux tableaux qui se trouvent autour de vous. Sur l'un d'eux, un visage semble apparaître et disparaître. Un peu plus loin, sur un autre, il y a un chat noir assis sur un crâne humain.

Ses yeux brillent tellement dans l'obscurité qu'on dirait des petites lumières vertes qui lancent des étincelles.

Tout près, il y a un étrange tableau ovale. Tu t'approches pour te rendre compte que... C'EST TON PORTRAIT ! Mais non, ce n'est qu'un miroir fracassé qui te renvoie ton reflet, constates-tu finalement... OUF !

Vous êtes sur le point de quitter la galerie des peintures lorsqu'un hurlement terrifiant se fait entendre. OOOOOOUUUUU !

Ça semble provenir du tableau qui se trouve au numéro 30.

22

L'énorme créature se glisse mollement vers toi. Sa bouche s'ouvre, et à travers ses babines gluantes de bave, tu peux apercevoir tout au fond de son estomac... LE SQUELETTE DE SA DERNIÈRE VICTIME. BEURK ! Ce monstre est vraiment insatiable.

Comme des fous, vous vous élancez dans un autre corridor qui s'assombrit malheureusement. Plus loin, ça se gâte encore plus, car vous êtes tout à coup envahis par un curieux brouillard. Ton cœur fait de terribles bonds dans ta poitrine.

« Je n'y vois plus rien ! se plaint Marjorie, qui te cherche à tâtons.

— Je suis là ! fais-tu en lui touchant l'épaule.

— Il faut rester ensemble », conseille Jean-Christophe, les bras dressés pour avancer dans le brouillard.

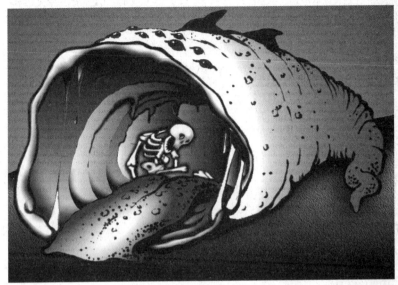

Un bruit de frottement se rapproche. **FRRRR !** **FRRRR !**... C'EST LA BÊTE !

Vous vous regardez tous les trois. Ce ver affamé va-t-il vous attraper ? TOURNE LES PAGES DU DESTIN.

Si vous avez réussi à fuir ce gros monstre mou, partez tout de suite vers le numéro 84.
Mais si, par malheur, il vous a attrapés, fais ta prière et rends-toi au numéro 80.

Jean-Christophe tourne un regard méfiant vers toi...

« ATTENDS UN PEU ! crie-t-il en s'étirant le cou pour voir le plat recto du livre. Je m'en doutais, reprend-il en te poussant le bras. C'est le livre des morts. Tu y touches et t'es mort, c'est simple comme bonjour, ou comme adieu, si tu préfères...

— C'est quoi encore cette trouvaille ? questionne Marjorie. Un livre à colorier pour morts-vivants ?

— Toi, tu tournes tout ce que je dis en ridicule, grogne son frère. C'est le livre qui accompagne les momies égyptiennes et qui les guide dans l'autre monde vers le couloir des deux vérités. Là, si la sagesse du mort pesait plus lourd qu'une des plumes du vautour Nekhabi, on accordait à la momie le passage à la vie éternelle.

— Si ce que tu nous racontes est vrai, conclus-tu, le pharaon Dhéb-Ile devait être vraiment le "super vilain" de l'ancienne Égypte, puisque les dieux ne lui ont pas accordé le droit à l'éternité.

— Ouais ! C'est cela, dit Jean-Christophe, alors tu comprends maintenant pourquoi il faut ficher le camp au plus vite. »

Vous vous dirigez sans plus tarder vers un escalier en colimaçon. Vous arrivez au troisième étage de la bibliothèque, et un froissement de tissu se fait entendre. Tu tournes lentement la tête et tu aperçois du coin de l'œil... LA MOMIE ! Elle déambule en traînant ses jambes vieilles et raides... Pris de peur, tu sursautes, perds pied et déboules les marches, entraînant tes amis dans une dégringolade qui vous ramène un étage plus bas. Étourdi, tu lèves les yeux vers le haut de l'escalier...

Est-ce que la momie vous a vus ? Pour le savoir,
TOURNE LES PAGES DU DESTIN.

Si, par une chance inespérée, elle ne vous a pas vus,
fuyez, bande de veinards, jusqu'au numéro 81.
Mais si elle vous a vus, allez découvrir la suite au
numéro 51.

24

Oui, tu as raison, la chaîne qui retenait le vautour de pierre s'est brisée lorsqu'il a... BOUGÉ LA PATTE !

Par précaution, vous courez vous cacher tout de suite derrière le socle d'une statue du dieu Osiris. Accroupis, vous attendez la suite, qui d'ailleurs ne se fait pas attendre. Aussitôt, la statue de Nekhabi ressuscite et se libère de sa prison de pierre. Ses plumes de calcaire gris passent tout à coup au noir. Ses ailes géantes frémissent, se déplient et s'étirent très haut dans les airs. Maintenant libre après 5000 ans, Nekhabi s'envole en poussant un rugissement qui fait vibrer le plancher.

GROOOOUUUUR !

« Sapristi ! Il est revenu à la vie ! » chuchote Jean-Christophe, les yeux arrondis d'étonnement.

Après avoir fait le tour de la galerie, le vautour tourbillonne dans la salle. Des nuages de poussière vous aveuglent lorsqu'il vient se percher juste au-dessus de vous, sur l'épaule de la statue d'Osiris.

« Je crois que je, je, vais éternuer, murmure Marjorie. AAAHH ! »

Jean-Christophe lui pince le nez.

Sur le socle de la statue, tu entrevois de la lumière dans une fissure. Tu t'y colles un œil.

« On dirait un passage caché ! t'exclames-tu. Il doit y avoir un mécanisme d'ouverture, il faut le trouver... »

Vous étudiez les bas-reliefs au motif de crocodiles sculptés sur le socle. Tu remarques que l'œil d'un des reptiles ressemble étrangement à un bouton d'ascenseur.

Respire profondément et rends-toi ensuite au numéro 15.

25

« Ça ne sera pas du gâteau de déchiffrer ces symboles, soupires-tu, avec tous ces cobras qui rôdent...

— Débrouille-toi comme tu veux, mais ouvre cette fichue porte, te conseille Jean-Christophe. Marjorie et moi, nous gardons l'œil sur ces serpents. »

Tendu, tu regardes la fresque peinte sur la porte. Des scarabées, des yeux, quelques faucons, des signes bizarres... Que peut bien signifier tout cela ? te demandes-tu. Il y a certainement quelque chose de caché dans ces symboles...

En effet ! Observe bien cette illustration : elle te révélera le numéro auquel tu dois te rendre afin d'entrer dans la pyramide. Par contre, si tu ne parviens pas à la décoder, garde ton sang-froid et rends-toi au numéro 37.

26

Vous arrivez dans une grande pièce surplombée par une haute voûte et traversée par d'innombrables fils d'araignée. Cette partie du musée a été construite, comme les vieux murs de pierre en témoignent, avec les vestiges d'un château datant d'une époque très lointaine. Le donjon, les douves et ces murs qui vous entourent sont à peu près tout ce qui reste de l'ancienne construction.

À droite, il y a une porte en chêne tachée de sang noirci. Elle conduit au donjon.

À gauche, un escalier de pierre grossièrement taillée descend jusqu'aux douves. Une odeur épouvantable d'eau sale et de moisissure s'en dégage. C'est un monde de noirceur et une route aussi tortueuse que dangereuse.

Vous choisissez de passer par le donjon... Tu t'approches de la porte, qui est peut-être verrouillée... Est-ce votre jour de chance ?

*Pour le savoir, **TOURNE LES PAGES DU DESTIN**.*

Si la porte s'ouvre, entrez dans le donjon par le numéro 35.
Mais si elle est verrouillée, vous devrez passer par les douves au numéro 4.

27

Vous détalez à toutes jambes. Le fantôme, devenu furieux, hurle de rage. **WOOOOOUUUU !** **WOOOUUU !** Ses cris résonnent sur les murs puis s'estompent au fur et à mesure que vous vous éloignez...

« Vous aviez raison tous les deux, vous accorde Jean-Christophe encore tout essoufflé, cet idiot de fantôme voulait nous conduire directement dans les griffes de la momie.

— On ne coince pas si facilement que ça les Téméraires de l'horreur, se vante Marjorie. Je vous le dis, elle n'est pas encore ressuscitée, la momie qui réussira à nous capturer.

— Occupons-nous plutôt du fantôme, filons d'ici avant qu'il ne nous rattrape », leur dis-tu.

Vous foncez tous les trois vers l'extrémité du couloir. Au loin, des ombres minuscules se meuvent sur le sol : DES SCORPIONS ! Vous vous arrêtez net...

« Ces scorpions ne sont pas sortis tout seuls de ce vivarium, conclut Jean-Christophe, quelqu'un a brisé la vitre. Probablement pour nous empêcher de continuer et ainsi nous faire changer de route.

— Eh bien ! Ça marche avec moi, lui dit sa sœur. On prend une autre direction. Je n'ai nullement envie de jouer à saute-mouton avec ces scorpions.

— Oui, saute-scorpion ! s'exclame son frère. C'est une bonne idée. Ça pourrait mettre du "PIQUANT" dans notre aventure...

— T'es complètement fou, tu sais ? lui lance-t-elle. Regarde, prenons plutôt ce corridor, il est moins sombre et il n'y a pas de bestioles dégoûtantes. »

Seul le bruit de vos talons se fait entendre tandis que vous vous dirigez vers le numéro 44.

28

« POUAH ! fais-tu. C'est toujours moi qui me tape ce genre de corvée ! »

Tu fermes les yeux et diriges ta main vers la clé. Lorsque tu la prends, des filets gluants s'étirent comme le fait le fromage d'une pointe de pizza. Tu glisses la clé doucement, une dent après l'autre, dans la serrure. Un quart de tour à droite. CHLIC ! La porte s'ouvre. Tu essaies de retirer la clé. Impossible, elle est bloquée. Tu essaies encore...

« Laisse, intervient Jean-Christophe. Il faut sortir d'ici au plus vite.

— Ne sois pas stupide, IL NOUS FAUT CETTE CLÉ ! insistes-tu. Ce passe-partout va nous ouvrir la porte d'entrée du musée, et nous pourrons enfin sortir. »

Soudain, les yeux de Jean-Christophe s'agrandissent... Tu jettes un coup d'œil en direction du ver. Le gros monstre s'est réveillé et te regarde des pieds à la tête avec ses huit petits yeux en se léchant les babines.

« SAUVE QUI PEUT ! » crie Marjorie.

Vous vous empressez de sortir en laissant la clé derrière vous et en vous assurant de bien fermer la porte. À l'écart dans le corridor, tu t'appuies sur le mur. Tandis que vous tentez de reprendre votre calme,

BLANG ! tu sursautes : une planche atterrit tout à coup à tes pieds. LE MONSTRE TENTE DE DÉFONCER LA PORTE. **BLANG !** Un autre coup de sa tête odieuse et tout s'écroule...

Pris de panique, vous courez vers le numéro 22.

29

Tu prends une grande respiration et, avec tes amis, tu entames l'ascension de l'escalier en colimaçon qui conduit aux pavillons des peintures étranges. Les marches de vieux bois craquent sous ton poids. **CRAC ! CRAC !** Rendus au milieu, vous vous arrêtez. Marjorie se penche dangereusement dans le vide afin de vérifier le haut de l'escalier.

« Rien en vue, dit-elle, mais ce silence de mort me donne des frissons ! »

Vous arrivez enfin en haut de l'escalier, qui débouche sur deux salles. Dans celle de droite, tu retrouves cette fameuse galerie où sont exposés ces tableaux étranges. Celle de gauche est sombre et, en plus, une famille de grosses araignées a élu domicile entre les pylones du portail de l'entrée. Il y a tellement de carcasses d'insectes morts agglutinées dans la toile que tu peux difficilement voir ce que la galerie contient.

« À DROITE ! À DROITE ! suggère Marjorie. Rappelez-vous la huitième règle de l'*Encyclopédie noire de l'épouvante* : un bon Téméraire ne doit en aucun cas briser une toile d'araignée pour entrer dans un endroit, car ça pourrait lui porter malchance et attirer sur lui une foule de problèmes.

— Non mais, franchement, remets ton cerveau dans le bon sens ! Crois-tu vraiment que l'on peut être plus malchanceux que ça ? lui demandes-tu. Nous sommes tous les trois coincés ici, avec peut-être une vieille momie toute puante à nos trousses. Car il ne faut pas que tu l'oublies, nous avons nous aussi osé lever les yeux sur les trésors de Karnak. Alors je ne crois pas ce que cela va changer si nous prenons celui de gauche.

— J'aimerais mieux passer par la galerie des tableaux, insiste-t-elle en fronçant les sourcils.

— Et moi, je vois que nous devrions passer par celui qui est sombre, lui réponds-tu. Alors nous allons jouer une partie de "roche, papier, ciseaux" et nous irons du côté de celui qui remportera la partie. »

Pour jouer au jeu de « roche, papier, ciseaux », tu dois TOURNER LES PAGES DU DESTIN deux fois ! Une première fois pour Marjorie et la seconde fois, pour toi.

Si Marjorie remporte la partie, vous devrez passer par la galerie des tableaux étranges en vous rendant au numéro 21.

Si c'est toi qui gagnes, vous passerez, comme tu le désires, par la sombre galerie dont l'entrée est remplie de toiles d'araignée, et qui se trouve au numéro 3.

30

    Prudents, vous avancez vers le tableau en question. Il représente quatre silhouettes aux mâchoires proéminentes garnies d'incisives. Observe-le bien et rends-toi ensuite au numéro 65.

31

    ... et s'empare du coffret !

    Tu sens ta peau devenir blanche, tu recules en titubant jusqu'au mur.

« Voooouuus devez quitter le musée tooooouuut de suite, vous dit la revenante après avoir remis sa répugnante langue dans sa bouche. Voooouuus êtes en grand danger... Fuyez ! Je sais que vous cherchez l'ordinateur central du musée. Allez du côté du pavillon des peintures et vous le trouverez. Prenez ce passage, ajoute-t-elle en ouvrant un conduit d'aération. ATTENTION À LA MOMIE ! »

Devriez-vous faire confiance à cette revenante à la bouche BEURK ! pleine de sang ?

Pourquoi pas ? Tu te jettes dans le conduit d'aération. Tes amis te suivent, et vous glissez tous les trois vite, si vite que tu te fermes les yeux. Tes deux pieds heurtent une trappe, et vous arrivez l'un à la suite de l'autre au numéro 10.

32

Vous franchissez en toute hâte le seuil de cette entrée magnifique. Devant vous, des colonnes sculptées de hiéroglyphes s'élancent très haut jusqu'au plafond de l'immense salle. Vous vous arrêtez tous les trois, frappés par l'incroyable chaleur qui y règne. Partout sur le sol, il y a du sable qu'une légère brise soulève de temps à autre. Un scorpion qui était caché dans le sol fait son apparition et disparaît aussitôt sous un amoncellement de cailloux.

Tu réfléchis en te frottant le menton.

« C'est inouï ! t'exclames-tu. Non seulement ils ont déménagé le temple sacré de la vallée du Nil, mais on dirait qu'ils ont carrément rapporté tout l'écosystème de l'Égypte : le vent, la chaleur, TOUT ! »

Tandis que vous avancez dans cette forêt de colonnes en calcaire, une curieuse fumée verte envahit peu à peu les lieux.

SHHHHIIIOOOUUU !

« Je n'aime pas cela du tout, marmonne Jean-Christophe. Cet endroit cache un terrifiant secret : tout cela n'est pas normal...

— POUAH ! Ça pue, remarque tout à coup Marjorie. Ça sent vraiment le cadavre ici... LE CADAVRE VIEUX DE PLUSIEURS MILLIERS D'ANNÉES ! »

Vous vous regardez tous les trois en vous pinçant la joue. En même temps, vous avez compris que cette odeur infecte ne peut signifier qu'une chose... C'EST LA MOMIE !

Du regard, tu fouilles entre les rangées de colonnes qui semblent s'étendre à l'infini... RIEN ! Sur le sable, par contre, une multitude de petites traces suivent les ondulations du sable jusqu'à l'entrée de ce qui semble être un tombeau creusé à même un rocher.

Vous savez tous les trois que, dans ce tombeau, vous avez peu de chance de trouver l'ordinateur central. Mais pour vous, les Téméraires de l'horreur, ce cauchemar a assez duré. Il est grand temps de prendre le taureau par les cornes, ou plutôt DE PRENDRE LA MOMIE PAR LES BANDELETTES...

Juste devant vous, au numéro 52, se trouve l'entrée de ce tombeau.

33

De toutes vos forces, vous réussissez à ouvrir le sarcophage.

« T'avais raison, te dit Marjorie, c'est un passage secret.

— POUAH ! Que ça sent mauvais ! s'exclame Jean-Christophe tout dégoûté, en se pinçant le nez. C'est sûr que je vais vomir si j'entre là-dedans.

— T'aimerais mieux te tirailler avec le vieux cadavre couvert de guenilles qui s'en vient ? lui demandes-tu.

— Tout compte fait, reprend-il, je crois que je vais y entrer le premier... »

Dans ce dédale de conduits étroits, il n'y a aucune signalisation. Il devient vite évident pour vous que ce réseau compliqué de chemins tortueux peut vous conduire n'importe où dans le musée. Au hasard, vous choisissez un corridor qui, par une chance incroyable... VOUS RAMÈNE FACE AU PLAN DU MUSÉE, loin de la momie.

Vous savez maintenant que l'ordinateur ne se trouve pas dans la rotonde de la bibliothèque. Retournez au numéro 10 et choisissez une autre route.

Retournez au numéro 10 et choisissez une autre route.

34

« Vous savez, vous n'êtes pas les premiers visiteurs perdus que je rencontre ce soir, vous dit-il en vous ouvrant une autre porte. CHLIC ! Un peu plus tôt, j'ai aperçu une étrange silhouette pâle, tout emmitouflée dans des bandelettes. Elle se traînait les pieds du côté des pavillons des peintures.

— QUOI ! t'écries-tu d'une voix étranglée.

— Qu'est-ce qu'il radote ? te demande Marjorie.

— Il dit qu'il a vu un homme errer du côté des galeries des peintures, lui réponds-tu, un homme recouvert de bandelettes...

— DE BANDELETTES ! s'écrie Marjorie. C'EST LA MOMIE ! Elle est donc vraiment revenue à la vie... Oh là là ! Nous sommes dans le pétrin maintenant, reconnaît-elle.

— Euh, m'sieur Igor, fait Jean-Christophe en s'adressant au fantôme, et l'ordinateur, lui, où se trouve-t-il ?

— Où il a toujours été, explique celui-ci, tout

près des galeries des peintures. »

Tu entraînes tes amis à l'écart.

« Je n'ai plus confiance en ce fantôme, leur dis-tu à voix basse. Que la momie et le processeur soient tous les deux dans les galeries des peintures me semble plutôt louche.

— T'as raison, concède Marjorie, le fantôme veut peut-être nous piéger... »

À pas feutrés, vous faites marche arrière, mais allez-vous pouvoir vous éclipser sans que le fantôme vous voie ?

Pour le savoir, TOURNE LES PAGES DU DESTIN.

Si le fantôme ne vous a pas vus, fuyez en douce jusqu'au numéro 83.

Si, par malheur, il vous a vus, courez le plus vite possible vers le numéro 27.

35

Une fois que vous avez passé le seuil de la porte, BANG ! elle se referme derrière vous. Tu tournes la poignée...

CHLIC ! CHLIC !

« Nous sommes coincés ! constates-tu, bouche bée.

— Tu crois que c'est un courant d'air qui a fermé la porte ? demande Marjorie d'une voix faible. Dis-moi que c'est un courant d'air, je t'en prie...

— C'est peut-... »

Les mots n'ont pas le temps de se former sur tes lèvres que vous entendez des bruits de pas...

« Nous ne sommes pas seuls, chuchote Marjorie. Qu'est-ce qu'on fait maintenant ?

— Allons voir de qui ou de quoi il s'agit, riposte Jean-Christophe.

— T'es complètement fou », lui répond sa sœur, terrorisée.

En trois grandes enjambées, vous vous retrouvez en plein centre du donjon. Tu lèves la tête. La haute tour qui dominait l'ancien château est pleine de passages sombres où s'entremêlent de nombreux escaliers. C'est un des endroits les plus sinistres que tu aies jamais vus. Tu arpentes des yeux chacun des couloirs.

Dans un des escaliers, tu vois une lueur danser dans la pénombre. Ta gorge se noue, et c'est à peine si tu peux respirer. Une étrange silhouette lumineuse fait son apparition...

Le visage crispé par une effrayante grimace, tu te rends au numéro 60.

36

Vous vous précipitez vers la rotonde de la bibliothèque. Dans ce musée sinistre, les couloirs sont sombres et très inquiétants. Aucune personne sensée n'oserait y mettre les pieds lorsque la nuit tombe. Mais pour toi et tes amis, qui êtes prisonniers entre ces murs, cette simple sortie au musée vient, bien malgré vous, de tourner en aventure. Une aventure qui pourrait encore une fois se transformer... EN CAUCHEMAR ! Alors, reste sur tes gardes, car tu ne sais jamais sur quelle monstruosité vous pourriez tomber.

Vous parvenez bientôt à un long et ténébreux passage. Au bout, il y a la lourde porte cloutée de la bibliothèque. Elle semble attendre de pied ferme quiconque oserait passer son seuil à une heure aussi tardive.

Arrivés à sa hauteur, vous faites une pause devant une grande peinture. Tandis que vous reprenez votre souffle, des craquements suivis d'un grognement caverneux se produisent. CRIIIC ! CRAC ! GROOOOWWWW !

« Vous avez entendu ? demandes-tu à tes amis. C'est trop risqué par ici ! poursuis-tu sans attendre leur réponse. Oublions la bibliothèque et retournons à l'entrée principale...

— Ça provient de ce tableau », te dit Jean-Christophe, penché sur la grande peinture.

Tous les trois, vous faites glisser le tableau vers la droite pour découvrir qu'il cache un autre passage.

« Un passage secret ! s'exclame Marjorie, toute surprise.

— Probablement, fait Jean-Christophe. C'est bien connu, tous les vieux édifices de ce genre regorgent de galeries inextricables et cachent de vrais labyrinthes.

— Il y a des traces de sable, leur montres-tu. Regardez sur le parquet...

— Des bruits, un grondement et maintenant ce sable... C'est la momie ! C'est sûrement la momie », se lamente Marjorie.

Les yeux de Jean-Christophe deviennent sérieux.

« Ça se pourrait bien ! » fait-il en hochant la tête.

Il est inutile de courir des risques. Vous décidez donc de tenter votre chance avec la porte de la biblio. Seulement, il faut espérer qu'elle ne soit pas verrouillée, car vous serez obligés de prendre le passage secret qui a l'air aussi sombre que dangereux.

Afin de savoir si la porte de la biblio est verrouillée ou non, TOURNE LES PAGES DU DESTIN.

Si elle est déverrouillée, ouvre-la et passez vite son seuil au numéro 59.

Si, par un sombre hasard, elle est verrouillée, allez au numéro 9 et préparez-vous au pire...

Malheureusement pour vous, les symboles demeurent mystérieux.

Tu restes agenouillé devant la porte, la tête entre les mains en signe de désespoir. Marjorie te tape sur l'épaule. D'un bond, tu es sur tes pieds. Tu te retournes... Douze cobras dressés, gueule ouverte, crochets prêts à mordre, se dandinent dans le sable juste devant vous.

Tu ravales ta salive bruyamment. **GLOURB** !

« Y a-t-il un charmeur de serpent parmi les spectateurs ? demande Marjorie à la blague.

— CE N'EST PAS LE TEMPS DE DÉCONNER ! lui crie son frère. Il faut sortir d'ici et au plus vite ! »

Soudain, à votre grande stupeur, les cobras s'agitent nerveusement et disparaissent, effrayés. À l'entrée de la grande salle, une silhouette a fait irruption. Une silhouette blanche... TOUTE ENRUBANNÉE DE BANDELETTES !

38

Examine bien cette illustration. Ces symboles t'indiqueront le numéro pour te rendre au passage secret. Si, par contre, tu ne réussis pas à les déchiffrer, cesse de claquer des dents et vois ce qui t'attend au numéro 87.

39

Debout sur la dalle portant la lettre « D », tu te prépares. Comme tu t'apprêtes à mettre le pied sur celle gravée d'un « H », Marjorie t'attrape le bras et t'arrête.

« T'es sûr de ce que tu fais ? te demande-t-elle. Ce n'est pas un de ces jeux idiots que tu joues sur ton ordinateur, parce que, vois-tu, si tu te trompes... ON SE FAIT ÉCRABOUILLER ! SPLOUCH ! Tous les trois. Je suis sûre que ça fait très mal, ça...

— T'en fais pas, lui réponds-tu pour la calmer, l'orthographe, ça me connaît. »

Tu joins les mains et, en poussant vers l'avant, CRAC ! CRAC ! tu fais craquer tes doigts. Tu te sens prêt. Tu poses enfin le pied sur la dalle du « H »...

« Ça va, continue, te dit Jean-Christophe. Nous te suivons. »

Certain de réussir, tu gambades, tel un clown, d'une dalle à l'autre pour finalement t'arrêter lorsqu'un grondement se fait entendre.

GROOOOOUUURR !

Le lion vient d'ouvrir la bouche et pointe dangereusement ses canines vers vous. Toutefois, il demeure à sa place...

« Est-ce qu'il faut se préparer à mourir ? demande Marjorie, horrifiée.

— Tu vas nous fourrer dans le pétrin, cesse tes conneries », rugit Jean-Christophe en pointant du doigt la gueule du lion.

Tu regardes l'avant-dernière dalle.

« "L", c'est l'avant-dernière lettre du nom du pharaon Dhéb-Ile, te dis-tu. À moins que ce soit le "L" qui déclenche le mécanisme qui libérera le lion de granit. "L" pour Dhéb-Ile ou "L" pour lion ? Il n'y a qu'une façon de le savoir ! » TU SAUTES À PIEDS JOINTS SUR LA DALLE...

RIEN !Lle lion demeure immobile... C'est gagné. Vous sautez l'un après l'autre sur la dernière dalle, celle de la lettre « E », puis vous vous dirigez, en rasant le mur, vers cette entrée majestueusement sculptée d'arabesques que ce monstre de pierre vous empêchait d'atteindre.

Elle se trouve au numéro 32.

À cet instant, avec une foudroyante rapidité, le matou-momie se jette, non pas sur vous comme tu t'y attendais, mais sur un levier tout près de toi. Aussitôt, deux immenses blocs de granit se détachent du plafond et viennent bloquer et la sortie, et l'entrée. **BRRRRRRRRRR ! BANG !**

Les secondes passent et la poussière finit par retomber...

Le matou-momie s'élance à votre poursuite. Pourchassés, vous zigzaguez plusieurs minutes dans la grande chambre mortuaire pour finalement constater qu'il n'y a plus aucune issue.

Tous les trois emmurés vivants, vous passerez le temps qu'il vous reste à vivre à jouer... AU CHAT-MOMIE ET À LA SOURIS !

FIN

41

Vous sautez vous cacher chacun dans une des grosses amphores. Après quelques longues et angoissantes minutes, tu tends l'oreille. Aucun signe de vie ; alors, tu décides de jeter un coup d'œil pour vérifier si la voie est libre...

Malheureusement, le squelette de Boutor est posté devant les grands vases. Silencieux, il attend que tu sortes la tête pour enfoncer son épée dans l'amphore. **SCHLAK !** La lame bien effilée coupe aussitôt ta ceinture. Tu attrapes ton jean avant qu'il ne glisse par terre. Dans un geste désespéré, tu fais basculer l'amphore d'un côté puis de l'autre jusqu'à ce qu'elle tombe avec les autres grosses poteries sur le squelette menaçant. **CRAAAC ! CRAC ! BANG !**

À demi enseveli sous les morceaux de céramique, le squelette remue la tête, puis se remet rapidement sur pieds, brandissant à nouveau sa lourde épée...

« SUIVEZ-MOI ! cries-tu à tes amis. Nous n'avons plus le choix, il faut essayer de sauter par-dessus les sables mouvants, c'est notre seule chance... »

Résolue, Marjorie a le courage d'y aller la première. Elle s'élance, mais elle arrive les deux pieds en plein dans le sable mou du grand tourbillon et commence tout de suite à s'enfoncer dangereusement. Sans attendre, tu te lances à sa rescousse. Tu sautes et tu l'agrippes par son chandail. Mais comme elle, tu es aspiré toi aussi. Jean-Christophe se jette sur toi et t'attrape par les pieds. Le tourbillon de sables mouvants est trop puissant. Tous les trois soudés les uns aux autres, vous tournez quelques secondes avant de vous enfoncer vers le fond, ou plutôt, vers la...

42

Tu joins les deux fils. Aussitôt, le gros câble d'acier grince. CRIIIIII ! Tu as réussi à remettre l'ascenseur en marche et, lentement, il vous élève un étage plus haut.

Les portes s'ouvrent. Des rats surpris par votre arrivée fuient dans toutes les directions. COUII ! COUII ! Vous entrez dans... LE MACABRE GRENIER DU MUSÉE. Guidés par la lueur des lucarnes du toit, vous glissez à pas de loup entre des objets de toutes sortes. Quelques pigeons, recroquevillés sur les poutres humides, roucoulent.

ROOUUU ! ROOUUU !

Parmi toutes ces vieilleries laissées à l'abandon, vous remarquez un petit coffret en bois ciselé de signes; bizarre... TRÈS BIZARRE MÊME.

Approchez ! Si vous osez... Il se trouve au numéro 50.

43

Le monstre tourne la tête et vous fixe de ses yeux gourmands. Il fouette l'air de sa queue à quelques reprises puis il se rue vers vous, soulevant dans sa fureur des nuages de poussière.

Marjorie s'empare d'un gros fémur d'animal,

esquisse un signe de croix et, de toutes ses forces, le lance sur le monstre, qui l'attrape agilement avec sa bouche comme le ferait un chien obéissant.

Tes cheveux se hérissent sur ta tête...

Giza crache l'os et, après un bond prodigieux, atterrit tout près de toi.

BANG !

Tu gonfles tes muscles et, d'un geste rapide, tu évites de justesse son coup de griffes meurtrier. Vous vous précipitez dans une galerie trop petite pour le monstre. Vous rampez dans l'étroit tunnel sans regarder en arrière. Giza, comme vous l'aviez prévu, essaie d'attraper la jambe de Jean-Christophe, mais en vain. Ton ami vous rejoint sain et sauf.

Vous vous écroulez sur le sol en poussant un cri de victoire. YAOOUUU !

Tu t'assois par terre pour reprendre ton souffle. **CRAC ! CRAC !** font les curieux petits cailloux blancs sur lesquels tu as posé tes fesses. Tu te relèves aussitôt pour te rendre compte qu'il s'agit d'œufs DE SERPENTS...

Tu ressens un drôle de chatouillement. Tu regardes sous ta manche : un petit cobra s'est enroulé à ton bras et s'apprête à te planter ses crochets à venin dans la chair...

FIN

44

Arrivés au bout du corridor, vous vous butez à une porte solidement verrouillée. Tu t'appuies sur le mur, découragé.

Vous n'avez plus le choix : vous décidez de tenter votre chance par le conduit de ventilation tout poussiéreux. Tu empoignes le grillage et tu l'arraches de ses attaches. SCHRAK ! Vous progressez petit à petit jusqu'à l'embouchure, où tu sors la tête. La lune brille dans le ciel constellé d'étoiles...

« HOURRA ! C'EST LE TOIT DU MUSÉE ! » t'écries-tu, heureux de te retrouver enfin à l'extérieur.

Vous sortez l'un après l'autre. Après avoir fait un tour rapide, vous constatez, à votre grande déception, qu'il n'y a pas d'échelle, donc aucune façon de descendre du toit de l'immeuble.

ZUT !

Au milieu du toit plat, un puits de lumière vous offre tout de même la possibilité d'aller à l'intérieur ou de retourner au numéro 10, devant le plan du musée...

45

Plus vous avancez et plus le brouillard se dissipe.

« C'est bien beau, sauf que je n'ai aucune idée de l'endroit où nous nous trouvons maintenant, remarque

Jean-Christophe. Cette partie du musée m'est totalement inconnue...

— Des murs sombres, des araignées à profusion, une multitude de rats, ça ne te rappelle rien ? lui demandes-tu.

— Oui, oui, ça me revient maintenant. Nous sommes revenus à la maison, et ceci est la chambre de ma sœur Marjorie, te répond-il avec un clin d'œil.

— T'es pas drôle, tu sauras, rétorque Marjorie, la langue sortie.

— Nous sommes peut-être arrivés dans une impasse, un cul-de-sac...

— Je ne crois pas, regarde », dis-tu en pointant du doigt une affiche où est écrit : ENTRÉE PRINCIPALE DU MUSÉE.

Tous les trois, vous retournez vite vers l'entrée principale. Ensuite, vous vous dirigez vers le numéro 10. Devant le plan du musée, faites votre choix...

46

Tu te croises les doigts. La momie pose péniblement ses pieds sur chaque marche, traînant derrière elle quelques bandelettes déchirées et tachées de sang noirci. Son visage tout ratatiné et son regard perdu te donnent froid dans le dos.

Sans se douter de ce qui l'attend, elle descend doucement vers votre petit traquenard. Là, la jambe retenue par la soie dentaire, elle trébuche et déboule jusqu'au pied de l'escalier. **BOOOUUUM !
BOUM ! BANG !**

Un large sourire se dessine sur le visage de Marjorie.

Sans quitter la momie des yeux, tu entraînes tes amis, et vous enjambez son corps inanimé afin de monter l'escalier et de vous rendre le plus vite possible au numéro 61.

47

Tu te diriges à contrecœur vers l'entrée du mastaba, cette partie du musée si lugubre où personne ne vient jamais. Vous devez pousser à trois la lourde porte de pierre pour entrer. **CCRRRIIII !** À l'intérieur de cette petite pyramide tronquée, l'odeur est quasi insupportable, et chacun de vos pas soulève un brouillard de poussière fine qui fait éternuer Marjorie.

« AAATCHOU ! Désolée », s'excuse-t-elle.

Tout autour de vous, des dizaines de squelettes en armure adossés au mur semblent vous regarder malgré leurs orbites vides.

Au moment où tu te demandes dans quelle aventure tu t'es embarqué, un petit cliquetis d'os se fait entendre...

CRIC !

Tu pivotes sur toi-même et scrutes les moindres recoins sombres de la pyramide.

C'est alors que, surgissant d'un sarcophage doré, un squelette apparaît, gesticulant et brandissant une longue épée.

Vous vous retrouvez nez à nez avec le squelette de Boutor... LE PLUS TERRIBLE DES SOLDATS

DU PHARAON DHÉB-ILE !

Marjorie recule et trébuche presque.

« Du calme, monsieur le paquet d'os, dit Jean-Christophe, la violence n'est pas une solution. »

Tu regardes autour de toi. Sur le mur, d'étranges symboles semblent indiquer la présence d'un mystérieux passage, à condition bien sûr que vous puissiez le déchiffrer.

Le temps presse, allez rapidement au numéro 38.

48

À peine as-tu rebranché le fil que... PCHII ! FRRRRRR ! des étincelles jaillissent du panneau de contrôle et que la lumière s'éteint... Tu t'es trompé et TU AS FAIT SAUTER LES FUSIBLES ! Dans la noirceur totale, tu cherches avec tes amis une façon de sortir de l'ascenseur. Mais c'est inutile... VOUS ÊTES PRISONNIERS !

Les heures passent, puis les jours...

Quelques semaines plus tard, à la suite de votre disparition, les autorités policières décident de passer le musée au peigne fin. Lorsque les policiers arrivent à l'ascenseur, ils subissent tout un choc. ILS ENTENDENT DES CRIS ! Ils forcent les portes de métal et vous découvrent encore bien vivants, même après tout ce temps.

Les journalistes de la ville entière s'amènent pour vous interviewer. Une seule question court sur leurs lèvres : « Comment avez-vous fait pour subsister aussi longtemps sans nourriture ? vous demandent-ils tous.

— On a tout d'abord mangé les tablettes de chocolat que Jean-Christophe cachait précieusement dans son sac à dos, leur racontes-tu, et puis par la suite, lorsqu'il n'en est plus resté, nous avons dû nous nourrir... DE SOURIS, D'ARAIGNÉES, DE MOUCHES, DE... »

FIN

49

« Allez ! te presse Marjorie. Dépêche-toi...

— Je fais aussi vite que je peux », lui réponds-tu.

Tu tires lentement sur le long morceau de tissu. Des gouttes de sueur coulent sur ton front.

Tout à coup, **CRRR** ! le sarcophage s'ouvre de quelques centimètres... Tu t'arrêtes ! Quatre doigts à moitié décharnés se glissent dans l'ouverture. TU AS CHOISI LA MAUVAISE BANDELETTE !

Tu attrapes la main tremblante de Marjorie, le blouson de Jean-Christophe et, tous les trois, vous

vous faufilez entre les caisses de bois pour vous cacher.

Dans le sarcophage, une sombre silhouette se redresse... C'EST BIEN LA MOMIE ! Lorsqu'elle marmonne un grognement, GRRRRRRR ! un liquide noir semblable à du goudron s'écoule de sa bouche édentée. Les bras raides et tendus, elle déambule toute chancelante dans la galerie en se traînant les pieds. Le bruit de ses os qui craquent te glace le sang...

Tu fermes les yeux bien fort et tu te croises les doigts en espérant qu'elle ne vous trouve pas.

Quelques secondes plus tard, une haleine terrible te vient au nez... UNE HALEINE... DE MOMIE !

50

Jean-Christophe s'approche du coffret. Il a l'air complètement envoûté par le petit écrin ciselé.

« SAPRISTI ! C'est le coffret du fantôme du musée, remarque-t-il. Je sais que cela peut vous sembler idiot, mais ce petit coffret contient... UNE LANGUE DE FANTÔME !

— QUOI ! cries-tu, incrédule.

— Ce n'est pas qu'un simple racontar, je vous le jure, poursuit-il. Ce petit coffret contient vraiment la langue d'une revenante. À la tombée de la nuit, cette revenante vient chercher son horrible langue et hante les couloirs du musée en hurlant et en gémissant. Au petit matin, elle revient ici pour la ranger comme s'il s'agissait d'un précieux bijou. On l'ouvre ? demandes-tu, curieux. Je voudrais voir...

— ABSOLUMENT PAS ! grogne Marjorie. Vous êtes fous ! Moi, je ne veux pas voir cela. Une langue de revenante, ça doit être visqueux, gluant et complètement dégueu... »

Jean-Christophe et toi, vous vous regardez dans les yeux.

« ON L'OUVRE ! » lancez-vous tous les deux à l'unisson.

Mais est-ce que le petit coffret est verrouillé ? Pour le savoir, TOURNE LES PAGES DU DESTIN.

S'il n'est pas verrouillé, va au numéro 14 et ouvre-le...

Si, par contre, il ne s'ouvre pas, pousse un grand soupir et rends-toi ensuite au numéro 74.

51

Hélas ! Trois fois hélas, ELLE VOUS A VUS !
Vous essayez de vous relever, mais c'est impossible,
vous êtes comme paralysés par son terrifiant regard.
La momie sait qu'elle vous a à sa merci. Pas pressée
du tout, elle descend les marches tranquillement,
t-r-è-s t-r-a-n-q-u-i-l-l-e-m-e-n-t, l'une après l'autre.
Lorsqu'elle arrivera à côté de toi, ce sera, pour toi et
tes amis, la...

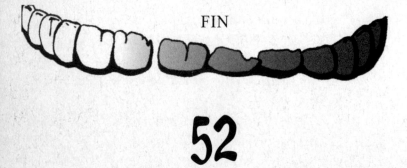

FIN

52

Avec d'infinies précautions, vous descendez chacune des marches en glissant vos mains sur les murs
afin de vous guider. Vous avancez ensuite dans un
long couloir qui descend doucement en pente. À la
lueur des torches plantées dans le mur, vous découvrez une pièce souterraine remplie de statues, de
coffres, d'armes et de... COBRAS ROYAUX.

OUI ! Huit cobras au cou dilaté orné d'un dessin à l'effigie du pharaon Dhéb-Ile. Ce sont ces serpents venimeux qui ont laissé ces traces sur le sable afin vous leurrer et de vous amener directement au repaire de la momie, qui, au même instant, entre dans la pièce.

Quelle horreur ! Cette silhouette squelettique enrubannée dans plusieurs couches de bandelettes jaunies et sales te regarde avec hargne. Ses yeux rouges perdus dans son visage verdâtre te glacent le sang dans les veines. Les bras osseux tendus vers vous, elle avance en traînant ses jambes raides sur le sable.

SRHHHHH ! SRHHHHH !

Tu ouvres la bouche pour crier... RIEN N'EN SORT !

Vous tournez la tête, les cobras vous fixent de leurs yeux étincelants. Pas moyen de sortir d'ici sans confronter la momie, constates-tu. Terrifiée, Marjorie se cache derrière toi. Vous reculez en titubant jusqu'au mur. La momie passe sa répugnante langue sur ses lèvres.

Appuyé sur la paroi, tu jettes un coup d'œil par-dessus ton épaule. Un bas-relief sculpté dans la pierre représente Horus, le dieu protecteur royal. Son bras de bois est pointé vers le plafond.

« UN LEVIER ! t'écries-tu. Son bras est en fait un levier. Qui sait ! Peut-être que c'est un passage secret. » Tu l'abaisses sans réfléchir aux conséquences.

Les murs se mettent à trembler. VRRRRRRRR ! Puis le plafond s'ouvre, laissant tomber du sable, SHHHHHHH ! des tonnes de sable sur...

Cherche au travers de la poussière le numéro 93.

53

Vous vous jetez dans l'embouchure du passage secret. Le bec géant du vautour fait une irruption soudaine dans l'entrée. Juste à temps, tu t'écrases dans un coin pour éviter d'être happé. Nekhabi fait claquer son bec plusieurs fois **SCHLAC! SCHLAC! SCHLAC!** et puis disparaît dans les dédales obscurs du musée.

« OUF ! J'ai eu peur que nous finissions en amuse-gueule », souffle Marjorie, le front couvert de sueur.

Vous rampez maintenant tous les trois dans ce petit couloir sinueux jusqu'au numéro 62.

54

Tu ne l'as pas remarqué, mais ces quatre monstres ont réussi à... SORTIR DU TABLEAU !

Au bout de quelques secondes, vous vous en rendez finalement compte tous les trois. Tranquillement, Jean-Christophe recule d'un pas. Tu le suis en empoignant Marjorie, qui, avec une grimace d'épouvante, restait figée sur place.

L'un des monstres prend tout à coup la forme d'une ombre pâle qui s'envole au-dessus de vos têtes

SWOOUUUCHH ! et va se poster à la sortie de la galerie. La situation devient sérieuse.

Un frisson te passe dans le dos.

Vous vous mettez à courir. Les hurlements des monstres qui se lancent à votre poursuite remplissent la galerie. **WOOOOOUUUUU !**

Sans avertir, tu changes de direction et fonce vers une porte que tu viens tout juste d'apercevoir. Jean-Christophe, qui n'avait pas prévu ta manœuvre, arrive en trombe et te frappe de plein fouet. **POUF !** Sous la force de l'impact, vous vous ramassez tous les trois sur les fesses.

BANG ! BANG ! BANG !

Tu lèves les yeux, les monstres vous encerclent... VOUS ÊTES PRIS !

Maintenant qu'ils ont autre chose à rapporter que des t-shirts comme souvenir, ces monstres de l'enfer qui étaient en vacances dans le monde des vivants retourneront en emportant chez eux, à Pandémonium... LES TÉMÉRAIRES DE L'HOR-REUR !

FIN

55

Tu inspires un bon coup et tu t'approches...

La statue du vautour est à la fois majestueuse et effrayante. De ses quatre mètres de roc, elle semble défier la mort. La chaîne attachée à sa patte et qui semble retenir l'oiseau à son gros socle de pierre est rouillée et très usée par les siècles.

En examinant la statue, tu remarques que les yeux du vautour qui tantôt regardaient droit devant sont maintenant fixés... SUR VOUS !

« Est-ce le fruit de mon imagination ou est-ce que le vautour nous regarde ? demandes-tu à tes amis.

— Je ne tiens pas à le savoir ! Partons, murmure Jean-Christophe, ça devient dangereux... »

Étudie bien cette illustration, et rends-toi ensuite au numéro 77.

56

Tu prends un des masques en souhaitant qu'il s'agisse bien de celui du dieu Anubis. Tu le portes à ton visage et tu te jettes entre tes amis et les trois reptiles. Dansant et gesticulant comme un Sioux, tu essaies de les effrayer, mais... ÇA NE MARCHE PAS ! Juste devant toi, le plus énorme d'entre eux fait claquer sa mâchoire CLAP ! CLAP ! et continue d'avancer...

« TU VOIS BIEN QUE TU T'ES TROMPÉ ! te hurle Jean-Christophe d'une voix grinçante. Tu as pris le masque d'Horus... »

Tu laisses tomber le masque et vous déguerpissez en longeant les caisses de bois.

Le gros crocodile vous rattrape et vous bloque le passage. Vous vous retournez, les deux autres arrivent derrière en trombe...

Vous êtes cernés : l'étau de dents toutes pointues et gluantes de salive se referme... et se referme...

FIN

57

« Regardez-moi ça ! » s'exclame Marjorie, éblouie par le collier.

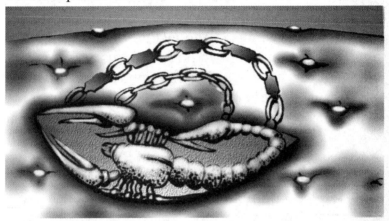

Tu t'approches de la vitrine. Le collier, qui a la forme de Nekhbet, le scorpion protecteur du trésor du pharaon, est magnifique. Constellé de turquoises, il brille de mille feux. Curieusement, le nom du scorpion y est gravé trois fois sur l'or.

« Pourquoi trois fois ? demande Marjorie, NEKHBET ! NEKHBET ! NEKHBET ! répète-t-elle, c'est idiot... »

Soudain, le scorpion d'or et de pierres précieuses se met à bouger et à s'agiter. Vous reculez tous les trois.

« C'ÉTAIT UNE INCANTATION ! s'écrie Jean-Christophe, affolé, et en récitant son nom trois fois, tu as RESSUSCITÉ LE SCORPION. »

Alors que vous vous préparez à fuir, le scorpion brise la vitrine CLING ! CLANG ! et se jette sur vous. L'un après l'autre, il vous injecte son venin. Vous basculez dans l'inconscience... Vous vous réveillez beaucoup plus tard dans un endroit des plus bizarres. Les nuages sont rouges, le sol est littéralement recouvert de sarcophages, et plusieurs silhouettes étranges d'allure fantomatique sillonnent le ciel mauve sombre.

« Où sommes-nous ? » demande Marjorie.

Vous allez déambuler plusieurs heures avant de vous rendre compte que vous êtes tous les trois perdus à jamais DANS LE ROYAUME DES PHARAONS MORTS...

58

« Bon ça va, fais-tu calmement, les deux pieds bien ancrés sur la dalle portant la lettre "D". Je m'en souviens. »

Tu lèves la jambe et sautes sur le « É ». Aussitôt, le lion de pierre rugit et fait trembler les murs.

« C'est bon signe, ça ? demandes-tu à Jean-Christophe, qui te suit de près.

— Je-je crois que oui, te répond-il, pas trop certain. Continue, nous te suivons… »

La dalle portant la lettre « H » est assez éloignée. Tu t'élances et mets un pied dessus tandis que l'autre, avant de se poser, percute la dalle voisine. Tu fermes les yeux et te croises les doigts. La bouche de lion s'aggrandit…

GRRRRRRR !

Tu ouvres un œil : le gros félin de pierre est toujours à sa place. OUF !

Tu te tournes vers la dalle sur laquelle est gravée la lettre « B ». Lentement, comme tu le fais lorsque tu veux t'assurer que l'eau de la piscine n'est pas trop froide, tu poses le pied sur la surface poussiéreuse de la dalle…

Aussitôt, toutes les portes, dans un grondement épouvantable, se ferment. Le couloir s'embrume de poussière lorsque le lion, libéré de ses liens… FONCE VERS VOUS ! Tu t'es trompé…

On peut dire que votre aventure était si éprouvante qu'elle vous a vraiment mis… À PLAT !

FIN

59

La porte s'ouvre dans un grincement à donner des frissons.

SRIIIIIIKKKSSSSS !

La bibliothèque du musée est silencieuse. Le seul bruit que vous entendez est le craquement que fait le plancher sous chacun de vos pas. Cet endroit est immense. Des milliers de livres poussiéreux s'entassent sur les étagères. Sous une table de lecture, deux rats se disputent un morceau de sandwich, sans doute oublié par un élève qui a visité lui aussi le musée avec sa classe. Mais cet élève, contrairement à vous, est reparti en même temps que tous les autres avec le bus de l'école, et ce n'est que son sandwich qu'on a oublié ici.

Au centre de cette gigantesque salle circulaire, un grand bouquin ouvert éclairé par une bougie trône sur un piédestal. Tu t'approches en te disant que cette bougie vous serait très utile dans ce monde de noirceur. Tu tends la main pour la prendre et t'arrêtes net, car tu ressens une étrange attirance pour le livre. Tu parcours des yeux les premières lignes : des hiéroglyphes, quelques crânes humains dessinés. Ça ressemble à de la magie, songes-tu.

Tu te mouilles le bout du doigt pour tourner la page...

Malheur à toi ! Dans quelques secondes, lorsque tu poseras ton index sur ce livre, tu seras pris de mille souffrances. Oui, car ce gros bouquin est le

Livre des morts et il a été écrit avec de l'encre empoisonnée. Le simple fait d'y toucher peut justement entraîner... LA MORT !

Va tout de suite au numéro 23.

60

« C'est un-un fan-fantôme ! » bégaie Marjorie.

Vous sautez vous cacher derrière une colonne. Le revenant passe sans vous voir et poursuit sa route en faisant tournoyer sur son doigt un grand anneau plein de clés.

Un soupir s'échappe de ta poitrine. PFOOOUU !

« C'est le fantôme d'Igor Tiduam, murmure Jean-Christophe, le gardien de nuit mort dans d'étranges circonstances. Je l'ai tout de suite reconnu à son grand trousseau de clés. J'ai lu quelque part dans l'*Encyclopédie noire de l'épouvante* que même longtemps après sa mort son fantôme continua à faire ses rondes dans le musée. Ce musée était toute sa vie ; maintenant, il est toute sa mort !

— Nous devrions le suivre, proposes-tu. S'il fait vraiment des tournées partout dans le musée, il finira bien par passer par la salle de l'ordinateur.

— Moi, je crois que nous devrions plutôt aller regarder dans la vitrine là-bas ! te dit Jean-Christophe, car elle contient le collier de verre trouvé dans le tombeau du pharaon Dhéb-Ile. On pourrait apprendre quelque chose d'important sur la momie.

— Ni l'un ni l'autre ! vous arrête Marjorie. Moi, je dis qu'il faudrait à la place essayer d'appeler à l'aide par une de ces meurtrières. Vous savez, ces fentes pratiquées dans les parois de la tour du château qui servaient autrefois à défendre ses remparts. À travers cette ouverture, nous pourrions peut-être réussir à nous faire remarquer par un passant...

— Qu'est-ce qu'on fait alors ? » questionne Jean-Christophe.

Tu t'arrêtes pour étudier la situation.

Pour suivre le fantôme, rendez-vous tout de suite au numéro 89.

Pour examiner le collier du pharaon Dhéb-Ile, dirigez-vous vers le numéro 57.

Pour appeler à l'aide, allez au numéro 11.

61

Vous escaladez vivement les marches. Tout en haut, tu te penches dans le vide et tu jettes un coup d'œil en bas. Au pied de l'escalier, la momie ouvre les yeux, secoue la tête et se remet sur pied...

« Oh non ! Elle n'est pas morte, t'exclames-tu.

— Ben voyons donc ! C'est sûr qu'elle est morte, renchérit Jean-Christophe, elle est morte il y a 5000 ans.

— Enfin, tu comprends parfaitement ce que je veux dire, t'impatientes-tu. Nous n'avons réussi qu'à l'assommer quelques secondes. Lorsqu'elle aura complètement recouvré ses esprits, elle sera vraiment en rogne contre nous.

— Regardez là-bas ! vous interrompt Marjorie... C'EST SON SARCOPHAGE ! »

Vous vous approchez... Des filets de lumière filtrent par des fissures du vieux cercueil en bois.

« On dirait plutôt l'entrée d'un passage, dis-tu après y avoir collé un œil.

— Tu crois qu'il est verrouillé ? » te questionne Marjorie.

Jean-Christophe et toi, vous vous regardez en vous posant la même question.

Les Téméraires de l'horreur obtiendront la réponse aussitôt que tu auras TOURNÉ LES PAGES DU DESTIN.

Si le sarcophage n'est pas verrouillé, comptez jusqu'à trois et ouvrez-le tous ensemble en allant au numéro 33.

Si, par contre, il est verrouillé, allez au numéro 85. VITE ! La momie a déjà commencé à monter l'escalier.

62

Vous rampez longtemps avant d'arriver à un escalier de bois vermoulu où nichent une multitude de rats.

« POUAH ! C'est dégoûtant, t'exclames-tu, et en plus ça sent les œufs pourris par ici... »

Marjorie et toi fixez Jean-Christophe du regard.

« Pourquoi me regardez-vous de la sorte ? CE N'EST PAS MOI ! s'écrie-t-il, vexé.

— Je n'ai jamais dit que c'était toi ! lui réponds-tu, le nez en l'air. Ce sont probablement ces affreux rongeurs qui dégagent cette odeur épouvantable.

— Ce sont les rats qui ont pété ? demande innocemment Marjorie.

— Avance ! lui commande son frère. Et regarde où tu mets les pieds ! »

Arrivés au haut de l'escalier, vous vous butez à une porte posée à la verticale. Tu pousses et elle s'ouvre dans un tumulte de craquements.

CRIIIC ! CRAAAAAC ! CRR !

Tu sors la tête pour voir...

« Non, dites-moi que mes yeux me jouent un tour, t'exclames-tu en t'assoyant sur une marche.

— Attends ! Ne me dis rien, lance Jean-Christophe, laisse-moi deviner tout seul : NOUS SOMMES REVENUS AU HALL D'ENTRÉE ?

— PING ! PING ! PING ! Georges ! Que recevra notre grand gagnant ? fais-tu, imitant l'animateur d'un quiz de télé...

— Pas encore le hall d'entrée ! » soupire Marjorie.

Oui, peut-être que vous êtes revenus à la case « départ ». Mais de cette tumultueuse balade vous aurez au moins appris quelque chose... C'EST QUE VOUS ÉTIEZ SUR LA BONNE VOIE !

Retournez au numéro 10, où se trouve le plan du musée, et, cette fois-ci, PAS DE BAVURE !

63

Nekhabi enfonce ses crocs dans tes vêtements et te soulève en l'air.

La tête en bas, tu hurles autant que tu peux en le martelant de coups de poing.

HAAAAAAAAA ! HAAAAA !

Pris de panique, Jean-Christophe et Marjorie se jettent dans l'embouchure du passage secret.

Survolant la salle, le vautour vient approcher sa répugnante tête dégarnie de poils et de plumes contre ton visage et y passe sa langue rugueuse et toute gluante...

SCHLOUCHHH !

« Ça y est ! Je suis foutu, te dis-tu. Il va me dévorer vivant... »

À ta grande surprise, il te laisse choir sur le

plancher. **BANG** ! Étendu sur le dos, tu le regardes s'enfuir par une fenêtre ouverte et disparaître dans l'obscurité du soir...

Tu as toujours su que tu étais brave, courageux et téméraire... Mais jamais, au grand jamais, te serais-tu douté que tu étais aussi... IMMANGEABLE !

FIN

64

La clé demeure introuvable.

Vous vous tournez vers le gros ver, qui se met soudain à bouger de plus en plus. Terrifiée, Marjorie se cache derrière toi. Sans doute a-t-il été réveillé par l'odeur de la chair fraîche. Tu te jettes par terre pour ne pas te faire remarquer, et tes amis t'imitent. Le monstre bondit mollement sur son flanc **BLOUB** ! et vous fixe GOULÛMENT de ses huit yeux. Devant toi, il allonge son corps gluant et pousse un énorme rot **RRRRROOO** ! pour dégager son estomac et ainsi faire de la place... POUR VOUS !

65

Les quatre monstres sur cette peinture sont tout à fait effrayants, mais rien de plus. Vous vous regardez tous les trois en haussant les épaules.

« C'était sans doute un courant d'air », conclus-tu. Mais tu n'en es pas sûr.

Tu examines le tableau à nouveau. Tu n'es pas trop sûr, mais il te semble que quelque chose a changé ! MAIS QUOI ? Si tu réussis à trouver de quoi il s'agit, fuyez en douce jusqu'au numéro 6. Si, par contre, tu n'en as aucune idée, faites votre prière et allez au numéro 54.

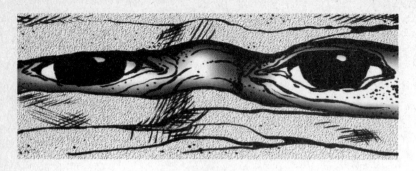

66

Tu as réussi à décrypter les symboles. Comme il est indiqué, tu appuies sur l'œil du vautour sculpté à même le mur de la pyramide. BRRRRRRRRRR ! Une crevasse s'ouvre tout à coup dans le sol, et vous glissez tout les trois dans l'ouverture...

Le squelette en armure se jette lui aussi dans la fissure et se lance à votre poursuite, martelant les parois du passage avec son épée.

CLING ! CLING ! CLING !

« La peste soit de ce maudit squelette, s'exclame Jean-Christophe, il est toujours à nos trousses... »

Vous avancez rapidement dans un interminable corridor humide et peuplé de rats. Beaucoup plus loin, vous arrivez enfin dans une salle et regardez tout autour de vous. Dans un coin, il y a des amphores géantes et, près de la sortie, il y a de curieux tourbillons dans le sable...

Filez au numéro 72, VITE ! Les grondements du squelette se font de plus en plus menaçants...

67

Avec mille précautions, tu réussis à ramasser la bandelette sans réveiller la momie. Après en avoir attaché une extrémité à une statue de marbre, tu laisses tomber l'autre bout dans l'ouverture du plancher.

L'un après l'autre, vous descendez en vous agrippant à la bandelette et arrivez dans une sorte de grotte habitée par un curieux brouillard rouge. De petits cratères fumants semblent dégager cette drôle de fumée qui vous prend à la gorge.

« Où sommes-nous ? demande Marjorie en retenant son envie de tousser. Cet endroit ne figure pas sur le plan du musée... »

Tu hausses les épaules.

Une chauve-souris agite ses ailes raides et vole dans votre direction. Vous vous appuyez contre une paroi. L'animal passe tout près et disparaît dans la pénombre d'une galerie que la fumée cachait.

FLOP ! FLOP ! FLOP !

« Suivons-la ! s'exclame Jean-Christophe. Peut-être nous conduira-t-elle vers une sortie... »

Vous vous précipitez derrière elle. Tes pieds s'enfoncent dans une substance gélatineuse qui recouvre partiellement le sol. BEURK !

Soudain, quelques bruits sourds se font entendre...

« Je crois que nous sommes suivis », chuchote Marjorie.

Vous vous arrêtez net...

Un cri effroyable résonne sur les parois suintantes de la galerie.

NYAAAAARGH !

Vous détalez à toutes jambes jusqu'au numéro 16.

68

Vous vous levez pour regarder ; le sphinx est toujours là. Tu sens la peur te gagner peu à peu.

« Allez ! Ouste, fais de l'air, espèce de monstre difforme, murmure Marjorie tout bas. Qu'est-ce qu'il attend pour déguerpir ?

— C'est ridicule ! s'impatiente Jean-Christophe. On ne peut pas rester plantés ici indéfiniment... »

Vous vous rassoyez en espérant que le monstre disparaisse.

Après quelques minutes, un ronflement se fait entendre. **RRROOONN !** Tu étires le cou pour vérifier. Le monstre est toujours là, sauf qu'il roupille maintenant comme... UN GROS CHAT.

« V'là notre chance », dis-tu en souriant.

Lentement, doucement, sur la pointe des pieds, vous faites le tour de la caverne à la recherche d'une sortie tout en jetant des regards nerveux vers le monstre toujours endormi. À quelques mètres du sol, vous découvrez enfin une ouverture. Jean-Christophe fait la courte échelle à sa sœur pour l'aider à s'y glisser. Ensuite, vous grimpez tous les deux la paroi pour la rejoindre.

Après avoir rampé sur du gravier, grimpé à une corde, gravi des marches grossièrement taillées dans le roc, escaladé et remonté encore... vous vous retrouvez... FACE AU PLAN DU MUSÉE. Vous êtes peut-être revenus à la case départ, mais au moins vous savez maintenant que l'ordinateur central du musée ne se trouve pas dans les galeries abandonnées.

Retournez au numéro 10 et ne perdez pas espoir...

69

Suivi de tes amis, tu approches d'un escalier étroit qui monte. Deux marches à la fois, vous l'escaladez. Tout en haut, vous arrivez à une porte... VOUS L'OUVREZ !

« Ce corridor m'est familier », se dit Marjorie en se frottant le menton.

Chaussé d'une espadrille, tu clopines jusqu'à une vitrine où sont exposés les authentiques vêtements que portaient les pharaons. Tu l'ouvres et tu prends les sandales royales. Tu t'assois pour les mettre.

« Quelle chance ! t'exclames-tu. Ce pharaon chaussait la même pointure de souliers que moi...

— ÇA Y EST ! reprend Marjorie. Je me rappelle... Ce corridor débouche sur la galerie sud, où se trouve le plan du musée. »

Eh oui ! Vous vous retrouvez, encore une fois, face au plan du musée au numéro 10. Au moins, maintenant, vous savez que le processeur ne se trouve pas dans la grande galerie des trésors de l'ancienne Égypte.

70

Le bruit que vous avez entendu plus tôt provenait de la chaîne qui s'est brisée lorsque la statue de Nekhabi le vautour a... BOUGÉ LA PATTE.

Tu prends le bras de Marjorie et, lorsque vous filez vers la sortie, la statue se fend. CRAC ! Des plumes commencent à apparaître dans les fissures qui se font de plus en plus grandes. Une croûte de pierre tombe sur le plancher, et un abominable bec crochu apparaît. Puis BRRROOUUUM ! la statue explose, et le vautour surgit. Tu tombes à la renverse...

Tes amis te relèvent en toute hâte.

Dans un lourd battement d'ailes, **FRUUUU !** **FRUUUU !** Nekhabi s'envole à votre poursuite.

Vous zigzaguez entre les statues puis arrivez près d'un gros sphinx, derrière lequel vous vous cachez.

Nekhabi survole le sphinx quelques secondes et plonge ensuite vers vous. Vous tentez de lui échapper, mais c'est inutile. En rase-mottes, il réussit à t'attraper. Ses immenses pattes t'entourent le corps et te serrent si fort que tu peux à peine respirer. Après quelques frénétiques coups d'ailes, il file tout droit vers une grande fenêtre, qu'il fracasse pour t'emporter au loin, entre les nuages.

LOIN ! TRÈS LOIN ! Jusqu'à son nid où l'attendent ses petits. Ces bébés vautours qui patientent depuis si longtemps le bec tout grand ouvert doivent avoir très...

FAIM

71

ELLE EST FERMÉE !

Vous frappez de toutes vos forces sur la porte pour l'enfoncer. **BANG ! BANG ! BANG !** Elle résiste même si ses ferrures sont très rouillées.

Vous vous regardez, dépités.

Soudain, un courant d'air te balaie les cheveux ; derrière vous, LA LOURDE PORTE VIENT DE S'ENTROUVRIR... Tu t'étires le cou pour voir dans l'ouverture : DEUX YEUX ROUGES TE FIXENT !

Tu restes là, immobile, figé...

Une main tout enrubannée de vieux tissus s'agite sur le chambranle de la porte. Tu devines, au travers des ténèbres, l'horrible silhouette de... LA MOMIE !

Tu recules d'un pas en cherchant de tous les côtés une sortie. La momie tourne vers toi son visage d'un vert millénaire. Tu tombes à la renverse, entraînant dans ta chute Marjorie et Jean-Christophe. La momie s'approche, tu te relèves. Elle te prend à bras-le-corps. Son odeur de cadavre putride parvient à tes narines, tu t'évanouis...

Tu es complètement prisonnier de ton livre PASSEPEUR.

FIN

72

« C'est quoi ce tourbillon de sable sur le sol ? » demande Marjorie en te dévisageant.

Tu prends un bout de bois et le lances en plein dans le tourbillon. Il se met à tourner sur lui-même et à s'enfoncer graduellement avant de disparaître complètement sous la surface.

« DES SABLES MOUVANTS ! s'écrie Jean-Christophe. Si nous tentons de les contourner, nous risquons d'être engloutis. »

Deux possibilités s'offrent à vous : vous pouvez soit vous cacher dans les grandes amphores en céramique et espérer que le squelette ne vous voie pas, soit essayer de quitter cet endroit en tentant de contourner les sables mouvants. Pensez-y vite ! Les secondes s'égrainent rapidement...

Regardez cette illustration et rendez-vous au numéro que vous aurez choisi...

73

BRRRRRRRRR ! L'immense porte de calcaire s'ouvre, vous vous précipitez pour franchir son seuil. Une fois à l'intérieur de la pyramide, BRRRRRRRR ! la lourde porte se referme sur ces cobras impatients de vous faire goûter leur venin.

« TU AS RÉUSSI ! » te dit fièrement Jean-Christophe en te tapant dans la main. CLAP !

Vous descendez les marches taillées dans la pierre et vous vous retrouvez dans un tunnel éclairé par une série de lampes à l'huile. L'odeur te rappelle le sous-sol de la vieille maison de ton oncle Claude, si effrayant que même les rats en ont peur.

Vous vous retrouvez enfin dans une salle remplie à craquer de... PETITS SARCOPHAGES ! Ces murs couverts d'or ne peuvent signifier qu'une chose : vous êtes dans la chambre mortuaire des chats de la reine Néfertiti. « Ces petits trésors », comme elle les appelait, ont reçu le même traitement que les grands pharaons. C'est-à-dire qu'ils ont été embaumés, enrubannés et transformés en... MOMIES !

Sans faire de bruit, tourne les pages de ton Passepeur jusqu'au numéro 19.

74

Le coffret ne s'ouvre pas, car il est malheureusement verrouillé... Tu le remets donc à sa place.

Les pigeons ont soudain cessé de roucouler, remarques-tu, et un bien drôle de silence règne. Tu regardes tout autour... RIEN. Il n'y a personne, mais tu jurerais que quelqu'un vous épie.

Tout à coup, une ombre drapée de blanc passe au travers du mur en soulevant la poussière, puis deux yeux rouges apparaissent dans le noir.

« QUI EST LÀ ? » demandes-tu, effrayé.

PAS DE RÉPONSE...

Si tu veux le savoir, il faut donner ta langue au chat, ou plutôt... à la revenante qui vient juste d'apparaître DEVANT TOI !

FIN

75

Vous devez être prudents, car, entre le mur et les sables mouvants, il y a très peu d'espace de manœuvre.

« Venez ! » leur dis-tu. En prenant le bras de tes amis, tu les entraînes jusqu'aux sables mouvants. « Il n'y a plus de temps à perdre, nous devons tenter le tout pour le tout... »

Le dos et les mains appuyés sur le mur, vous avancez à pas mesurés. Au moment où vous contournez tous les trois le large remous de sable, TON PIED GLISSE ! Tu tentes désespérément de garder ton équilibre, mais ta jambe s'engouffre dans le sable...

« JEAN-CHRISTOPHE ! » hurles-tu.

Ton ami t'attrape aussitôt par le bras, prend une profonde inspiration et te tire hors de danger. Enfin arrivé de l'autre côté du tourbillon, tu reprends ton souffle...

« OOOUUUF ! Merci... Nous avons réussi à passer », fais-tu.

Les mains appuyées sur les genoux, tu baisses les yeux et constates que... ZUT ! tu as perdu une espadrille...

Alors que vous vous dirigez vers la sortie, le squelette fait soudain son apparition. Sans tenir compte des sables mouvants, il avance, pose son pied sur le sol mou et cale aussitôt jusqu'à la taille puis disparaît complètement dans un gémissement presque humain...

YAAAAARRHHHH !

Vous quittez cet endroit en empruntant un sombre petit passage jusqu'au numéro 69.

76

Le matou-momie s'élance sur toi toutes griffes sorties. Pour éviter ses crocs tranchants, tu te laisses choir sur le sol. Le petit monstre poilu s'écrase de plein fouet sur le mur puis explose en poussière. **POOUUF** ! Tu te relèves bouche bée...

« C'est beaucoup trop dangereux par ici, lances-tu. Il faut sortir de la pyramide tout de suite... »

Jean-Christophe ne te répond pas, mais hoche la tête pour te donner raison.

« C'était de la folie de vouloir venir dans la pyramide noire, soutient Marjorie. Je savais que nous allions tomber sur des momies, mais vous n'avez pas voulu m'écouter.

— Oui ! lui concèdes-tu, tête basse.

— C'est un miracle que nous soyons en vie, ajoute-t-elle, le visage grave.

— D'accord, d'accord, répète Jean-Christophe. Tu avais raison, petite sœur. Mais maintenant, il faut cesser d'en parler et essayer de sortir d'ici...

— Regardez ce tunnel, il est plutôt sombre, mais il semble s'orienter vers le haut, remarque-t-elle. Allez-y, je vous suis, ajoute-t-elle en se plaçant près de l'entrée...

— Ah non ! Madame veut jouer au chef, alors elle passe la première ! » répond son frère en lui donnant une petite poussée dans le dos.

C'est vrai qu'il est sombre, humide et sinistre, ce tunnel, mais il vous conduit tout de même jusqu'au numéro 79.

77

Au moment où vous faites demi-tour, **CLING !** un petit bruit retentit... Vous vous arrêtez ! Qu'est-ce qui a fait ce bruit?

Observe bien cette image du vautour, elle est différente de la précédente. Si tu réussis à trouver en quoi, tu auras du même coup trouvé d'où provenait le bruit; dans ce cas, rends-toi au numéro 24. Par contre, si tu n'en as pas la moindre idée, une mauvaise surprise attend les Téméraires de l'horreur au numéro 70.

78

Vous vous mettez à trois pour pousser la porte, qui finit par s'ouvrir dans un grincement qui semble résonner dans tout le musée.

CRIIIIIOOUUUUUK!

Craintifs, vous passez son seuil. L'oreille aux aguets, vous marchez, collés l'un sur l'autre et prêts à faire face à toute éventualité. Des gouttelettes d'eau tombent d'un plafond trop haut et trop sombre pour être visible. Dans un coin, vous apercevez une grosse corde qui pend.

« Allez ! On grimpe, vous dit Jean-Christophe en tirant dessus afin de vérifier sa solidité. C'est bon, allons-y... »

Avec difficulté, vous vous rendez au numéro 91.

79

Effectivement, le tunnel vous a conduits dans la grande salle, à l'extérieur de la pyramide noire du pharaon Dhéb-Ile. Tout au fond, l'enseigne lumineuse de la sortie éclaire le plancher comme un tapis rouge déroulé devant vous.

« FANTASTIQUE! » s'exclame Marjorie.

Vous vous jetez vers la porte. À peine as-tu descendu la première marche de l'escalier que **PROUTCH**! ton pied écrabouille quelque chose : c'est un insecte. Tu étires le cou pour te rendre compte que la cage d'escalier fourmille de SCARABÉES ET DE SCORPIONS !

Pour les éviter, vous glissez tous les trois sur la rampe jusqu'au numéro 10. Eh oui ! Vous vous retrouvez, encore une fois, face au plan du musée. Mais au moins, vous savez maintenant que l'ordinateur que vous cherchez ne se trouve pas dans la grande galerie des trésors de l'ancienne Égypte.

80

Immédiatement, le gros ver dégoûtant enroule une partie de son corps gluant sur ta jambe. Une chaleur intense te monte à la cuisse. Marjorie et Jean-Christophe martèlent de coups de pied le monstre, mais en vain : il vous avale l'un après l'autre. Assis tous les trois dans son immense estomac, vous attendez qu'arrive la...

81

Vous descendez deux marches à la fois jusqu'au pied de l'escalier... La momie ne vous a pas vus, mais attention ! Elle aussi descend l'escalier et s'approche dangereusement de vous. Tu plonges la main dans ta poche.

« AIDEZ-MOI ! leur cries-tu. J'ai un plan : nous allons lui tendre un piège. Enroulons cette soie dentaire autour des barreaux de l'escalier.

— Ça ne marchera jamais, fait Marjorie, tu ne crois tout de même pas réussir à faire trébucher cette momie avec ce traquenard enfantin ?

— Allons ! Prends ce bout et attache-le de ton côté.

— C'est peut-être audacieux, admet Jean-Christophe, mais ça vaut la peine d'essayer, ajoute-t-il en pinçant le fil de soie dentaire, maintenant tendu comme une corde de guitare.

Enjambez le fil et allez vous cacher au numéro 46, derrière une rangée d'étagères.

82

Tu pousses les rideaux en lambeaux d'une fenêtre.

Dehors, des nappes de brume s'étirent tout autour du musée. La lune, bien accrochée dans le ciel déjà noir, semble prête, comme vous, à passer... UNE NUIT BLANCHE !

À l'extrémité de la galerie, vous vous trouvez face à un ascenseur. Vous entrez. Marjorie pose son pouce sur le commutateur CLIC ! qui s'illumine. Les portes coulissantes se ferment, mais l'ascenseur, lui, demeure en place. Elle appuie à nouveau plusieurs fois. CLIC ! CLIC ! CLIC !

« Rien à faire, soupire-t-elle. Il est hors d'usage... »

Derrière le tableau de commande, tu découvres que deux fils électriques ont été arrachés. Il te faut reconnecter le fil de l'ascenseur afin de le remettre en marche. MAIS ATTENTION : SI TU BRANCHES LE MAUVAIS...

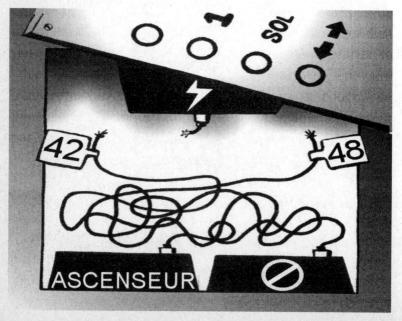

Observe bien cette illustration. Rends-toi au numéro inscrit sur le fil que tu crois être celui qui remettra l'ascenseur sous tension.

83

Vous prenez un passage marqué DIRECTION, SALLE DES ARMES DU MOYEN ÂGE. Des dizaines d'armures immobiles placées contre les murs semblent monter la garde de cette grande et sinistre galerie. Un cri affreux se fait tout à coup entendre, HRUUUIII ! puis le fantôme du gardien réapparaît. Tu prends une hallebarde et tu la pointes en sa direction. Il s'arrête et il fait claquer ses doigts. CLAC !

Aussitôt, cinq armures de chevalier s'avancent vers vous et vous encerclent. Marjorie leur jette des regards affolés. Ta gorge se serre, tu frappes de ton arme le casque de l'armure. CLANG ! L'armet dégringole jusqu'au plancher, mais l'armure désormais sans tête continue d'avancer vers vous. Tu t'aperçois assez vite que vous ne pouvez rien faire contre ces armures habitées par des fantômes luminescents. Sauf peut-être... HURLER !

FIN

84

Sortir de cet épais brouillard, c'est comme jouer à colin-maillard, mais avec un gros ver monstrueux à ses trousses...

« Est-ce que nous avons réussi à le semer ? demande Marjorie, accrochée à ton chandail.

— Je ne crois pas, lui répond son frère. Je peux encore sentir son haleine putride flotter autour de nous.

— Silence ! ordonnes-tu tout bas. Cet horrible monstre est tout près. »

Vous attendez quelques secondes, immobiles comme des statues. Le gros ver passe tout près de toi sans se douter de votre présence. Sa peau visqueuse t'effleure presque le visage, le sang se glace dans tes veines. Puis, il disparaît en rampant dans l'obscurité.

OUF !

Vous cheminez tranquillement au travers du brouillard jusqu'au numéro 45.

85

De toutes vos forces vous essayez HUUUMPH ! de l'ouvrir, mais c'est inutile. Un étrange verrou semblable à un casse-tête à trois dimensions retient le couvercle solidement fermé.

La momie monte une autre marche **POUF !** puis encore une autre. **POUF !** Elle ne va pas tarder à vous tomber dessus. Avec l'énergie du désespoir, vous poussez une grosse étagère remplie de livres dans l'escalier. Dans un fracas épouvantable, **BROOOUUUM ! BANG BOUM !** tout dégringole dans les marches. Impitoyable, la momie se relève et poursuit son ascension, piétinant débris et livres.

Vous constatez assez vite que rien ne peut arrêter une momie qui a faim. Et ce « petit creux » qui la tenaille depuis 1000 ans, elle compte bien l'assouvir... DANS LES MINUTES QUI SUIVENT !

FIN

86

Tu plonges la main dans la caisse. En prenant le masque, tu sens un léger picotement, puis une piqûre vive te fait sursauter.

Un scorpion caché entre les masques vient de te piquer. Immédiatement, tout se met à tourner autour de toi, tu t'évanouis...

Tu recouvres tes esprits plus tard, beaucoup plus tard. Tu ouvres les yeux, car C'EST LA SEULE CHOSE QUE TU PEUX BOUGER. Des gens arrivent devant la vitrine dans laquelle tu es exposé, car tu es désormais... LA PLUS JEUNE MOMIE DU MUSÉE !

FIN

87

Vous tentez de décoder les symboles, mais tout cela n'a aucun sens pour vous. Vous n'avez pas d'autre solution que de tenter de rebrousser chemin. Dans un sursaut de courage, vous vous précipitez vers la sortie, mais c'est impossible, le squelette en armure vous barre la route.

Son épée fend l'air, tu culbutes vers l'arrière pour éviter la lame brillante qui vient se planter dans une colonne. SCHLING !

Trois autres squelettes se lèvent et vous encerclent en brandissant des lances.

Vous êtes faits... JUSQU'À L'OS !

FIN

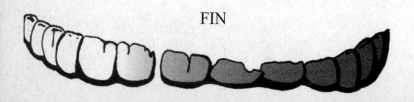

88

Courage ou folie ? Quoi qu'il en soit, la solution de Jean-Christophe est digne d'un vrai Téméraire de l'horreur.

« Nous allons descendre par le soupirail, vous dit-il. Mais à la place d'une corde, nous devrons nous servir de l'une des deux bandelettes qui se trouvent près du sarcophage. »

Mais attention ! C'est très risqué, car une de ces deux bandelettes est encore attachée à la momie. Si par malheur tu tires dessus, tu risques de la réveiller et de la sortir de son sommeil millénaire. Alors il te faut prendre celle qui n'est pas enroulée autour d'elle.

Rends-toi au numéro inscrit sur la bandelette que tu auras choisie...

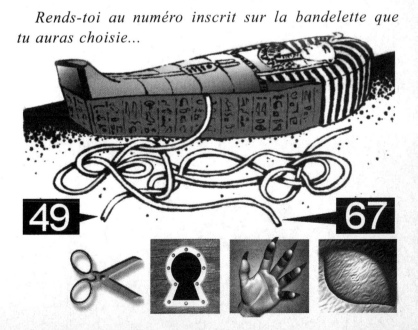

89

Igor le gardien de nuit fantôme chemine péniblement vers une porte située à l'extrémité du donjon. Vous le suivez en longeant le mur et en vous demandant si c'est la bonne chose à faire. La réponse ne se fait pas attendre, car les yeux vides du fantôme sont maintenant tournés vers vous. IL A REMARQUÉ VOTRE PRÉSENCE !

Le visage blanchi par la peur, vous ne bougez pas.

« N'ayez crainte ! vous dit-il d'une voix tonitruante tout en s'approchant. Je ne suis qu'un vieux revenant qui ne cherche qu'à faire son boulot. Je ne vous veux aucun mal.

— Prouve-le ! lui ordonne avec arrogance Jean-Christophe. Tu possèdes toutes les clés du musée, alors conduis-nous à l'ordinateur central, nous voudrions sortir d'ici au plus vite.

— D'accord, acquiesce le fantôme, je vous y emmène. »

Vous partez derrière lui. Son gros trousseau plein de clés vous ouvre toutes les portes jusqu'au numéro 34.

90

Giza le sphinx regarde de tous les côtés et... IL NE VOUS VOIT PAS. Puis, avec un grondement semblable au tonnerre, GRRRRRRRR ! il s'empare d'un gros os dégoûtant encore garni de chair qu'il se met à déguster sous vos yeux.

« POUAH ! chuchote Jean-Christophe avec dégoût. Je ne mangerai plus jamais de poulet frit ! »

Bien cachés dans son terrier, vous vous accroupissez pour réfléchir. Marjorie, elle, s'assoit sur ce qu'elle croit être une roche blanche.

« Tu sais que tu es assise sur un crâne humain ? lui fais-tu remarquer.

— EUUUUH ! s'exclame-t-elle avant de tomber à la renverse.

— Il faut trouver une façon de sortir d'ici, suggère Jean-Christophe.

— Il faudrait surtout trouver un cola bien froid, dit sa sœur, encore allongée sur le dos dans la paille. J'ai une soif terrible... »

Jean-Christophe a un mouvement d'impatience.

Allez au numéro 68, vous y trouverez la suite...

Après une escalade difficile jusqu'au haut du câble, tu arrives dans l'entrée d'un petit couloir assez éclairé et qui t'es familier...

« POUAH ! Nous sommes finalement sortis de ce souterrain puant, soupire Jean-Christophe.

— Oui, mais regarde, lui montres-tu. Nous avons tourné en rond, nous sommes revenus près du plan du musée, nous avons fait tout ce chemin pour rien.

— Pas pour rien, reprend-il. Nous savons maintenant que l'ordinateur ne se trouve pas dans les douves et probablement pas non plus dans le donjon du vieux château. Alors il faut chercher ailleurs...

— HEP ! Là-haut... vous interrompt Marjorie d'un ton paniqué. Sortez-moi d'ici, je suis à bout de forces », ajoute-t-elle, au milieu du câble.

À deux, vous prenez la corde et hissez Marjorie vers vous.

« Merci ! » soupire-t-elle, étendue sur le dos.

Tandis que vous reprenez tous les trois votre souffle, un bruit étrange se fait entendre.

SCHHHH ! SCHHHH !

Marjorie se remet sur pied, et ton sang ne fait qu'un tour.

SCHHHHH !

« Je n'aime pas cela du tout, murmure Jean-Christophe. C'est soit un serpent qui glisse sur le plancher, soit une momie qui se traîne la jambe...

— Je ne tiens pas à le savoir, crache Marjorie. Allez, ça presse ! Retournons vers le plan. »

Dépêchez-vous d'aller au numéro 10.

92

Après avoir sorti le masque de la caisse de bois, tu le portes immédiatement à ton visage et tu te jettes devant les trois crocodiles en espérant un miracle.

Les reptiles s'arrêtent, et un silence terrible s'installe...

Tu tournes la tête vers tes amis, qui sont littéralement paniqués.

Avec un cri à faire dresser les cheveux WOOOUUUUUHHH ! et en gesticulant comme un clown, tu t'élances vers les crocodiles, qui, apeurés, retournent en toute hâte vers les douves.

« C'EST ÇA ! leur cries-tu. Allez baver ailleurs avant que je ne vous transforme en sacs à main... »

Marjorie se frotte les yeux, surprise par ce qu'elle vient de voir.

« Tu as réussi ! s'exclame Jean-Christophe, tout ébahi. Tu crois vraiment que le masque d'Anubis les a effrayés ?

— Qu'est-ce que tu penses, lui réponds-tu. Tu crois que c'est mon eau de Cologne ?

— Il ne faut pas s'attarder ici, lance Marjorie encore toute tremblante. Ces reptiles aux dents aiguisées comme des couteaux pourraient avoir envie de revenir. Je n'ai pas l'intention de finir croquée par ces crocos féroces... »

Repartez à la recherche de l'ordinateur en allant au numéro 94.

93

... les cobras qui s'étaient regroupés à l'entrée.

« Au moins, nous voici débarrassés de ces gros reptiles dégoûtants », soupires-tu.

La momie s'immobilise et grogne de rage. **GRRRRRRRR !** À travers ses guenilles, elle te dévisage. Dieu qu'elle est laide, avec son nez qui déménage et sa bouche couverte de goudron ! Les mains bien ouvertes, elle s'apprête à passer à l'attaque...

Soudain, il te vient une idée, saugrenue il faut bien l'admettre, mais au moins tu en as une. Tu prends Marjorie par le cou pour lui murmurer ton plan à l'oreille.

« HEIN ? T'ES FOU ! s'écrie-t-elle. Ça ne peut pas marcher !

— Nous n'avons pas le temps de discuter, insistes-tu. Vas-y, c'est notre seule chance. »

Marjorie prend son courage à deux doigts, car, pour le moment, elle en a si peu, et elle se met à courir d'un bout à l'autre de la pièce en criant comme tu le lui as demandé.

YAAAARGGHH ! YAAAARGGHH !

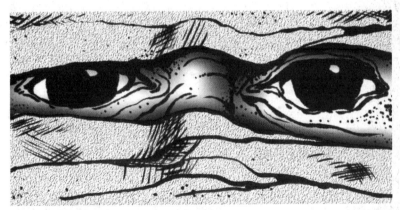

La momie jette un regard vers Marjorie, et avant qu'elle ne s'élance à sa poursuite, tu poses le pied sur l'une de ses bandelettes qui touchait le sol...

La momie tourne ses talons décharnés et file

droit vers Marjorie, qui court d'un côté puis de l'autre.

Au fur et à mesure qu'elle s'éloigne, la momie se déroule. Ayant perdu toutes ses bandelettes, le corps desséché par les millénaires tombe graduellement en poussière. Le dernier cri du pharaon Dhéb-Ile retentit et te glace d'effroi.

NYYAAAAHHH !

Craintifs, vous vous approchez avec précaution de ses restes fumants.

« Cette momie est vraiment arrivée au bout de son rouleau ! » ironise Marjorie.

Mais ce n'est pas fini, le sable commence à s'accumuler dangereusement. VITE ! Allez au numéro 95, avant d'être engloutis...

À part vos pas qui résonnent, il n'y a aucun bruit, aucun son. À un palier, ton regard est attiré par la carcasse d'un rat que survole un essaim de mouches. Tout au fond, il y a un grand portail entouré de goules et de gargouilles sculptées dans la pierre.

« C'est sans doute la sortie de l'ancien château », estime Jean-Christophe.

Vous avancez avec précaution de peur de mettre le pied dans un quelconque trou ou de tomber dans une oubliette. Une araignée suspendue au plafond frôle l'oreille de Marjorie.

« BEURK ! » fait-elle, toute grimaçante.

Tu colles ton oreille sur la lourde porte...

« Ça va ! leur dis-tu. Je crois que nous pouvons y aller... »

Mais est-elle verrouillée, cette porte ? Pour le savoir, TOURNE LES PAGES DU DESTIN.

Si elle n'est pas verrouillée, ouvrez-la au numéro 78.

Mais si, par malheur, elle est verrouillée, vois ce qui vous attend au numéro 71.

95

Avec le sable qui s'accumule, cet endroit ressemble de plus en plus à un énorme sablier qui vous rappelle que le temps presse.

« PAR ICI ! vous crie Jean-Christophe, accroupi devant un petit passage. À l'autre bout, on dirait qu'il y a de la lumière... »

Vous rampez tous les trois sur plusieurs mètres avant d'arriver dans une autre salle du tombeau, une antichambre. Au beau milieu des trésors du pharaon, vous découvrez...

« L'ORDINATEUR CENTRAL DU MUSÉE ! » t'écries-tu, tout étonné de le trouver en ce lieu.

Oui, il s'agit bien de l'ordinateur, mais il semble dans un piteux état, car des étincelles jaillissent du tableau de contrôle tandis qu'une curieuse fumée jaune s'échappe d'un des panneaux latéraux.

« Ne restez pas là plantés comme des ânes, il faut faire quelque chose, dis-tu à tes amis, sinon ça risque de se terminer en un gigantesque feu d'artifice... »

Jean-Christophe décide de s'improviser expert en électronique et s'approche avec précaution.

« JE CROIS QUE C'EST LE RÉGULATEUR DE VOLTAGE ! estime-t-il, enfonçant quelques touches du clavier. Voilà ! Je pense que c'est réglé... »

CLANG ! PSOUUUUUUU ! fait l'ordinateur, avant de se mettre à ronronner.

« Il n'y a plus de fumée... ni d'étincelles... Il fonctionne normalement maintenant, te confirme Jean-Christophe, fier de son coup.

— Est-ce que tu peux nous sortir d'ici ? » lui demandes-tu en lui montrant l'immense stèle de calcaire qui vous bloque la sortie.

Jean-Christophe fait à nouveau courir ses doigts

sur le clavier. La stèle se met aussitôt à bouger.

BRRRRRRRRRRRRRRRR !

Vous sortez.

Dehors, vous êtes tout étonnés de constater qu'il y a du sable à perte de vue et que le soleil est éblouissant. Derrière vous, c'est la grande pyramide de Gizeh, entourée de visiteurs...

« Des pyramides, des chameaux, des touristes ? ? ? Mais qu'est-ce que ça veut dire ? demandes-tu, éberlué. C'est un trucage ? Une illusion ? »

Non, ce n'est rien de tout cela. La surcharge de l'ordinateur a ouvert un trou dans le continuum espace-temps, et tout ce qui se trouvait autour du processeur a littéralement été transporté à l'autre bout du monde.

ÉTONNÉ ? Pas autant que ta mère lorsque tu lui téléphoneras pour lui demander de « casser ton petit cochon » afin de venir vous chercher tous les trois... EN ÉGYPTE !

BRAVO !
Tu as réussi à terminer le livre...
La momie du pharaon Dhéb-Ile.

LA MOMIE DU PHARAON DHÉB-ILE

Il faut dire que, là, tes amis et toi risquez vraiment de passer un mauvais quart d'heure. Figure-toi qu'après une visite avec ta classe, on vous a enfermés par mégarde dans le musée Beautruc. Coincés entre ces murs sombres et lugubres, la nuit risque d'être longue... TRÈS LONGUE ! Surtout lorsque vous découvrez que, selon une vieille légende, la momie du musée ressuscite tous les 1000 ans et que, selon tes calculs... ÇA TOMBE EN PLEIN CE SOIR !

UN LIVRE PALPITANT QUI SE JOUE À LA FAÇON D'UN JEU VIDÉO...

Oui, ce livre n'est pas qu'un simple livre... C'EST TON AVENTURE ! Et dans ton aventure, c'est toi qui décides du déroulement de l'histoire. ATTENTION ! Ce livre contient aussi un jeu original qui pourrait transformer ton histoire en vrai cauchemar... LE JEU DES PAGES DU DESTIN !

Il y a 23 façons de finir cette aventure, mais seulement une finale te permet de vraiment terminer... *La momie du pharaon Dhéb-Ile*.

LIRA BIEN QUI LIRA LE DERNIER...

Boomerang
Éditeur jeunesse

www.boomerangjeunesse.com
info@boomerangjeunesse.com

VOTRE
PASSEPEUR
POUR UN HORRIBLE CAUCHEMAR
UN LIVRE QUI SE JOUE
AVEC LES PAGES DU DESTIN
NO 14
SCOOTER TERREUR

SCOOTER TERREUR

**Texte et illustrations
de
Richard Petit**

TOI !

Tu fais maintenant partie de la bande des
TÉMÉRAIRES DE L'HORREUR.

OUI ! Et c'est toi qui as le rôle principal dans ce
livre où tu auras bien plus à faire que de tout simplement... LIRE. En effet, tu devras déterminer toi-
même le dénouement de l'histoire en choisissant
les numéros des chapitres suggérés afin, peut-être,
d'éviter de basculer dans des pièges terribles ou de
rencontrer des monstres horrifiants.

Aussi, au cours de ton aventure, lorsque tu feras
face à certains dangers, tu auras à jouer au jeu des
PAGES DU DESTIN... Par exemple, si dans
ton aventure tu es poursuivi par une espèce de
monstre dangereux et qu'il t'est demandé
de TOURNER LES PAGES DU DESTIN afin de
savoir si ce monstre va t'attraper, la première chose
que tu dois tout de suite faire, c'est placer ton doigt
tout tremblotant ou un signet à la page où tu es
rendu pour ne pas la perdre, car tu auras à y revenir. Ensuite, SANS REGARDER, tu fais glisser ton
pouce sur le côté de ton Passepeur en faisant
tourner les feuilles rapidement pour finalement
t'arrêter AU HASARD sur l'une d'elles.

Maintenant, regarde au bas de la page de droite.
Il y a trois pictogrammes. Pour savoir si le monstre
t'a attrapé, il n'y en a que deux qui te concernent,

celui de l'espadrille et celui de la main.

Pour le moment, tu ne t'occupes pas des autres. Ils te serviront dans des situations différentes. Je t'explique tout un peu plus loin.

Comme tu as peut-être remarqué, sur une page il y a une espadrille, et sur la suivante, il y a une main et ainsi de suite, jusqu'à la fin du livre. Si, par chance, en tournant les pages du destin, tu t'arrêtes au hasard sur le pictogramme de l'espadrille, eh bien bravo ! Tu as réussi à t'enfuir. Là, retourne au chapitre où tu étais rendu. Il t'indiquera le numéro de l'autre chapitre où tu dois aller pour fuir le monstre. Si tu es le moindrement malchanceux et que tu t'arrêtes sur le pictogramme de la main, eh bien, le monstre t'a attrapé. Là encore, tu reviens au chapitre où tu étais, mais tu auras par contre à te rendre au chapitre indiqué où tu tomberas entre les griffes du monstre.

Lorsqu'on te demandera de TOURNER LES PAGES DU DESTIN, tu n'utiliseras, selon le cas, que les DEUX pictogrammes qui concernent l'événement. Voici les autres pictogrammes et leur signification.

Pour déterminer si une porte est verrouillée ou non :

 Si tu tombes sur ce pictogramme-ci, cela signifie qu'elle est verrouillée.

 Si tu t'arrêtes sur celui-ci, cela signifie qu'elle est déverrouillée.

S'il y a un monstre qui regarde dans ta direction :

 Ce pictogramme veut dire qu'il t'a vu.

 Celui-ci veut dire qu'il ne t'a pas vu.

En plus, tu pourras te servir de ton super pistolet à eau bénite afin de te débarrasser des méchantes créatures que tu vas rencontrer tout au long de cette aventure. Cependant, pour les atteindre, tu auras à faire preuve d'une grande adresse au jeu des pages du destin. Comment ? C'est simple : regarde dans le bas des pages de gauche, il y a un crâne et une éclaboussure d'eau.

Le monstre représente toutes les créatures qui t'attaquent. Plus tu t'approches du centre du livre, plus l'éclaboussure se rapproche du crâne. Lorsque justement, dans ton aventure, tu fais face à une créature malfaisante et qu'il t'est demandé d'essayer de l'atteindre avec ton pistolet à eau bénite pour t'en débarrasser, il te suffit de tourner rapidement les pages de ton Passepeur en essayant de t'arrêter juste au milieu du livre. Plus tu te rapproches du centre du livre, plus l'eau bénite se rapproche du monstre.

Si tu réussis à t'arrêter sur une des cinq pages centrales portant cette image :

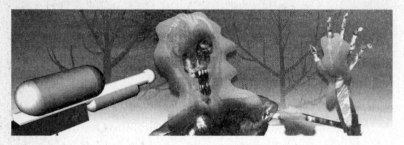

eh bien bravo ! Tu as visé juste et tu as réussi à atteindre de plein fouet la créature qui te cherchait querelle et, de ce fait, à t'en débarrasser. Tu n'as plus qu'à suivre les instructions au chapitre où tu étais selon que tu l'as touchée ou non.

Ta terrifiante aventure débute au chapitre 1. N'oublie pas : une seule fin te permet de terminer... *SCOOTER TERREUR*.

1

Il est 23 h 17. Ça fait une heure que tu essaies de t'endormir. Tourne d'un côté, tourne de l'autre. Pour la xe fois, tu frappes ton oreiller d'un bon coup de poing et tu enfonces ta tête dans le trou. Les yeux fermés, tu te demandes si ce soir, oui, ce soir, tu vas t'endormir avant que minuit arrive et ainsi pouvoir enfin profiter d'une nuit complète de sommeil. Ça se pourrait bien, si tu réussis toutefois à t'assoupir avant tu sais quoi...

Les minutes passent. Tu combats cette envie d'ouvrir les yeux pour regarder l'heure qu'il est, car tu sais que, si tu en ouvres un seul, tout sera à recommencer. Mais l'angoisse l'emporte sur les muscles de ton visage et force tes paupières à s'ouvrir : il est maintenant 23 h 46. Tu ne réussiras jamais à t'endormir avant que ces restants de cadavres en scooter apparaissent dans les rues de Sombreville.

Dans une ultime tentative, tu enroules ton oreiller autour de ta tête et tu serres très fort. Tu essaies de penser à autre chose, à quelque chose de drôle par exemple, comme cette fois où Marjorie était arrivée à l'école avec son chandail à l'envers, des bas de couleurs différentes, arborant sans le savoir... UNE MOUSTACHE DE LAIT !

Cesse de rire et rends-toi au chapitre 26.

2

SPLOURB ! Marjorie a atteint de plein fouet le monstre qui se consume sous vos yeux. **PSSSSSSSS !**

Brrr… Ce truc visqueux t'a donné la chair de poule…

Le sol a cessé de trembler, mais un gros nuage noir et gonflé d'eau survole le cimetière et vide son chargement. Tu vas commencer à croire que même les éléments naturels sont contre les Téméraires…

C'est une pluie torrentielle qui tombe et qui remplit rapidement la crevasse. L'eau monte très vite : elle est déjà à la hauteur de vos genoux. Tu attrapes une racine blanche pour t'aider à sortir de ce trou, mais tu te rends compte qu'il s'agit en fait… D'UNE MAIN DE CADAVRE !

OOUUUAAAH !

La pluie creuse le sol partout autour de vous et vous voyez apparaître d'autres mains, des pieds et des têtes de morts au visage hagard. Tu as maintenant de l'eau à la taille. Vous essayez de vous agripper aux parois glissantes, mais en vain. Pas moyen de sortir par le haut…

Alors vous courez difficilement dans la crevasse à demi remplie d'eau boueuse jusqu'au chapitre 55.

3

Tu examines la statue des pieds à la tête, car tu te doutes qu'une partie d'elle, une fois actionnée, ouvrira un passage. Tu appuies sur son gros nez crochu… RIEN ! Marjorie essaie de lui tordre les orteils… RIEN NON PLUS ! Tu peux déjà sentir l'haleine fétide des morts-vivants souffler derrière ton cou.

Au comble du désespoir, tu recules d'un pas et tu remarques que les mains de la statue sont positionnées de façon à applaudir. Tu frappes très fort dans tes mains **CLAAAC !** et la statue frappe dans les siennes. **BANG !**

Une partie du mur pivote **CRRRRRRRR !** vous ouvrant ainsi une voie. TU AS TROUVÉ ! À l'intérieur du passage, tu tapes à nouveau dans tes mains, et le mur se referme. **CRRRRRRRR !** Bien joué !

Le long tunnel vous conduit à des centaines de mètres sous la terre. La fumée est toujours présente. Tu portes ton chandail devant ta bouche et ton nez afin de filtrer l'air.

Le passage débouche au chapitre 95.

4

Quatre voies aussi peu invitantes les unes que les autres s'offrent à vous.

*Rendez-vous au chapitre indiqué sur la partie
du cimetière que tu veux explorer…*

5

Tu fais un signe de la tête dans la direction de ton choix… LE MAUSOLÉE ! Tes amis acquiescent et se placent derrière toi. C'est à toi d'ouvrir la marche jusqu'à la vieille construction de pierre.

La nappe de brouillard t'arrive aux genoux, et il est impossible de voir où tu mets les pieds. Le cimetière est silencieux, très silencieux. Tellement que ton angoisse monte d'un cran à chacun de tes pas. Tu te dis que c'est normal pour un cimetière, mais tu ferais mieux de rester sur tes gardes. Et puis, dans le fond, ce silence tourne à votre avantage, car, si quelqu'un ou quelque chose osait se pointer, vous l'entendriez tout de suite…

À quelques mètres de l'entrée du mausolée, ton pied touche quelque chose. Tu le soulèves et fais un pas de reculons. Marjorie et Jean-Christophe s'arrêtent net derrière toi. Du revers de la main, tu essaies d'écarter la couche de brume qui couvre le sol pour voir, en vain. Sans réfléchir, tu plonges la main dans la couche de vapeur verdâtre pour tâtonner le sol. Tes doigts finissent par trouver quelque chose de rond… ET DE GLUANT !

Vite, rends-toi au chapitre 87.

6

C'EST RATÉ !

Vous essayez de reculer, sachant bien que c'est inutile, car ce monstre vous tient à sa merci. Du sol, qui a toujours la tremblote, commencent à apparaître les restes de squelettes enterrés. À ta gauche, un crâne dégarni aux orbites vides. À droite, une série de tibias et de fémurs placés les uns au-dessus des autres forme une échelle de fortune. Vous escaladez vite cette échelle macabre jusqu'à la terre ferme. Au fond de la crevasse, le monstre gluant frétille de rage.

La terre cesse de trembler, et vous poursuivez la visite du cimetière. Près du petit sentier, le couvercle d'un cercueil s'ouvre lentement. **CRRRRRR !** Vous vous cachez derrière un arbre pour épier ce mort-vivant qui a décidé de revenir à la vie.

Le couvercle se referme, **BLAM !** et vous ne voyez toujours personne. Marjorie veut s'approcher du cercueil. Tu la retiens lorsque tu aperçois des pas qui apparaissent, comme par magie, sur le sol boueux du cimetière…

Vous suivez des yeux ces traces bizarres qui se forment jusqu'au chapitre 75.

7

Un blizzard se met à souffler.

L'intensité du vent glacial redouble de violence. Recroquevillés sur vous-mêmes, le dos tourné aux rafales, vous constatez qu'il vous est impossible de poursuivre cette aventure sans vêtements chauds. Penché vers la sortie, tu affrontes les bourrasques de neige qui s'accumule, centimètre par centimètre, sur le sol du cimetière et qui rend ta progression très difficile. Tu claques des dents et tu grelottes. Tes doigts commencent à geler un après l'autre. La neige forme devant toi un mur blanc et opaque.

Vous posez les pieds sur un petit étang de glace balayé par des vents très violents. Vous soutenant tous les trois pour ne pas tomber, vous réussissez à faire quelques mètres. Un gros coup de vent survient. Il vous fait marcher sur place un peu avant de vous pousser et de vous ramener à votre point de départ. Le froid s'intensifie, et la neige s'accumule de plus en plus sur tes épaules et sur ta tête. Tu sens un très, très grand froid t'envahir...

Les météorologues de Sombreville se sont encore une fois trompés dans leurs prévisions… En fait, ils ne se seraient pas trompés si tu n'avais pas ouvert ce petit coffre de Pandore…

FIN

8

Tu examines sans trop comprendre les signes sur la première bouteille à gauche. Sur l'étiquette, il y a trois petits dessins : un « C » écrit dans la langue des sorcières, deux traces de pas et un chat. Cette mise en garde est écrite à la façon d'un rébus qui signifie : CE N'EST PAS ÇA ! Mais toi, tu n'as rien compris. Tu attrapes la bouteille, et vous retournez près du monstre qui pleurniche.

Tu tournes nerveusement la bouteille dans tous les sens à la recherche de la posologie. Avant que tu puisses lire la première ligne, l'ours-garou te l'arrache des mains et boit le tout d'une seule rasade.

La réaction est instantanée. Des flammes et de la fumée jaillissent de ses naseaux, et il se métamorphose en homme sous vos yeux. Vous vous réjouissez, croyant avoir réussi.

Les yeux exorbités, l'homme s'approche de vous en brandissant une très grosse seringue pourvue d'une longue aiguille de plus de vingt centimètres. Lorsqu'il était sous la forme d'un ours-garou, il était gentil, et maintenant qu'il a repris sa forme humaine, il est méchant. C'est tout à fait l'opposé du Docteur Jekyll et Monsieur Hyde…

Fuyez jusqu'au chapitre 65.

9

La clé tourne parfaitement dans la serrure. Tu pousses un petit OUF ! de satisfaction, car seul le diable sait ce qui te serait arrivé si tu avais par malheur choisi la mauvaise…

Vous pénétrez dans l'épicerie. Les tablettes sont remplies de toutes sortes de produits bizarres.

« Tout est à prix réduit après minuit, vous dit un petit garçon juché sur la pointe des pieds derrière le comptoir. Les toiles d'araignée aussi, fait-il à la blague. Je vous fais un prix pour le lot. HA ! HA ! HA ! »

Tu lui remets la liste du vieillard.

« AH ! C'est mon frère jumeau qui vous envoie, dit le petit garçon en reconnaissant l'écriture. Il n'y a que lui pour être pris d'une fringale de queues de rats à la mexicaine à une heure pareille.

— TON FRÈRE JUMEAU ? t'exclames-tu, incrédule, et avec raison.

— Oui, mon frère jumeau. Moi, je suis le jeune jeunot rajeuni. Les queues de rats qu'il mange le font vieillir terriblement. »

Pendant que le petit garçon ramasse les divers ingrédients inscrits sur la liste, tu fais le tour de l'épicerie au chapitre 82 en quête de quelque chose à te mettre sous la dent.

10

Votre fuite vous a conduits dans la plus vieille partie de ce déjà très vieux cimetière. Les morts qui y reposent sont d'une autre époque. Vous observez avec inquiétude les pierres tombales penchées et fissurées ainsi que les statues grotesques. Des grattements bizarres se font entendre… SOUS VOS PIEDS ! Soudain, une dalle glisse sur le côté, et une sépulture s'ouvre. La brume verte s'engouffre dans l'ouverture. Pas besoin de vous attarder ici, car vous vous doutez qu'une autre de ces horribles têtes de zombie va apparaître du trou.

Mais à la place, c'est un tas de glu lumineuse qui rampe hors de la sépulture. Cette dégueulasserie, si elle vous enveloppe, va vous digérer en moins de deux et rejeter vos ossements un peu partout dans le cimetière, et vous ne profiterez jamais du repos éternel que mérite tout défunt. Marjorie asperge le monstre d'eau bénite, mais rien ne se produit. Il avance toujours dans le cimetière. Par chance, il n'est pas très rapide. Vous courez entre les pierres tombales et arrivez dans un cul-de-sac. Vous retournez sur vos pas et arrivez à une autre impasse… Là, ça se complique, car vous entendez au loin les grognements caverneux de vos anciennes fréquentations… LES MORTS-VIVANTS!

Courez jusqu'au chapitre 105.

11

Vous n'avez pas fait vingt pas dans le cimetière…
QUE LE SOL SE MET À BOUGER !

Le visage tout en grimace, vous attendez que deux mains gigantesques sortent des ténèbres de la terre pour vous emporter dans les profondeurs. Le sol vibre toujours. Vous essayez de demeurer debout en vous agrippant à des pierres tombales craquelées. De grandes fissures s'ouvrent dans le sol boueux du cimetière…
C'EST UN TREMBLEMENT DE TERRE !

Un arbre anémique tombe. Vous essayez de vous écarter de sa trajectoire, mais vous chutez tous les trois dans une crevasse où vous vous retrouvez face à face avec une grosse masse gluante et transparente. À l'intérieur d'elle flottent des ossements humains et des petits animaux morts à moitié digérés… Ce monstre qui ne bouffe habituellement que des cadavres a décidé de varier son menu… ET FONCE SUR VOUS ! Marjorie dégaine son pistolet. Va-t-elle réussir à l'atteindre ? Pour le savoir…

… TOURNE LES PAGES DU DESTIN et vise bien.

Si elle réussit à l'atteindre, allez au chapitre 2.
Par contre, si elle l'a raté, allez au chapitre 6.

12

Alors que tu fais volte-face vers la sortie... UNE MAIN T'ATTRAPE ! Pas celle de l'ours-garou, mais celle de Marjorie. Elle t'arrête parce que ce monstre... PLEURE ! Il semble être coincé dans ce passage trop étroit pour lui.

« Il faut aider cette pauvre bête, te dit-elle, le visage triste.

— Remets ton petit cerveau dans le bon sens, essaies-tu de lui faire comprendre. Ce n'est pas un simple chat coincé en haut d'un arbre que nous avons devant nous. T'as vu la taille de ce géant poilu, et ses crocs, et ses dents... PAS QUESTION !

— J'me plains à la SPM, te menace Marjorie, le regard sérieux.

— LA SPM ? répètes-tu. Non, mais qu'est-ce que c'est encore que cette invention ?

— La Société protectrice des monstres, te répond-elle tout d'un trait. Va voir dans Internet si tu veux savoir. Je vais me plaindre et ce n'est pas une menace en l'air... »

Tu réfléchis quelques secondes. C'est vrai que cet ours-garou n'a pas l'air méchant, et puis, si vous réussissez à le dégager, vous pourrez vous rendre à la bibliothèque, car il vous barre la route, ce gros tas de poils.

Prenez-lui les bras au chapitre 85 et tirez très fort...

13

Vous descendez ce qui reste de l'escalier pour vous retrouver dans une crypte. Partout, il y a des cercueils et, sur ces cercueils, les noms des morts sont écrits en chinois. Vous vous élancez vers l'extérieur et découvrez avec stupeur qu'il fait jour, et que vous avez bel et bien traversé la terre de part en part jusqu'en Chine.

« Nous avons pris un raccourci temporel, en déduit Jean-Christophe. Chaque marche de cet escalier n'était qu'un pas pour nous, mais nous franchissions sans le savoir… DES MILLIERS DE KILOMÈTRES ! »

Vous revenez tous les trois à l'intérieur de la crypte pour découvrir, horrifiés, que l'escalier a disparu et, avec lui, le raccourci temporel. Impossible de revenir à Sombreville…

Vous vous rendez au village voisin pour demander de l'aide. Mais là, tu as toutes les misères du monde à te faire comprendre des Chinois. Jouant les clochards, vous réussissez à extirper une pièce de monnaie à un passant au cœur sensible afin de téléphoner chez toi. Au début, ton père va te trouver bien drôle, mais lorsqu'il constatera que ce n'est pas une blague, et qu'il doit vraiment venir te chercher en Chine… IL VA RIRE JAUNE !

FIN

14

Tu colles ton œil sur le trou de la serrure. AAAH ! AAH ! AAAH ! Le vieillard vieux, oups ! Le vieux monsieur, NON ! Le vieux vieillard vieillissant, BON ! avait raison. De l'autre côté de la porte, il y a toutes sortes d'articles intéressants.

À droite de la porte, trois clés sont accrochées à une colonne de bois finement sculptée. L'une d'elles sert à ouvrir la porte.

Étudie bien cette illustration et rends-toi au chapitre de la clé que tu crois être la bonne...

15

Gor attrape une corde, exécute quelques mouvements rapides et se retrouve sur le même palier que toi. Tu n'as pas le temps de faire le moindre geste qu'il t'attrape de ses bras puissants. Tu essaies de te dégager, mais sa force est titanesque. La seule chose que tu peux faire, c'est de fermer les yeux en attendant qu'il plante dans ton cou les crocs qu'il brandit.

« Ce n'est pas possible, gémis-tu. C'est ainsi que tout va se terminer pour moi ? »

Soudain, d'une façon inespérée, les roues dentées du mécanisme de l'horloge arrêtent d'un coup sec de tourner. Le bruyant tic tac de l'horloge cesse lui aussi, et tout devient silencieux dans la tour. Les yeux de Gor s'arrondissent

Il lâche son étreinte, recule et se prend la tête entre les mains, qui tremblent. Son visage grimace de douleur. Tu le regardes sans bouger, bouche bée. Il se met à rétrécir, et son corps devient tout mou. Au bout de seulement quelques secondes, il n'est plus, à tes pieds, qu'un gros bouillon de bave verte et dégoûtante. Qu'est-ce qui est arrivé ?

Tu dévales l'escalier jusqu'au chapitre 108 en cherchant à comprendre.

16

Un grand zombie plante ses doigts crochus dans ton chandail et t'attrape. Tu tires et tu tires de toutes tes forces, mais ton chandail ne se déchire pas. Ah ! Ils sont résistants, les vêtements que ta mère t'achète, trop résistants.

Les autres morts-vivants encerclent Marjorie et Jean-Christophe. La meute affamée vous traîne de force tout au fond du cimetière où vous remarquez, que, juste pour vous, un feu va être allumé. Cuire comme des guimauves au clair de lune semble être la destinée des Téméraires.

Tous les morts-vivants préparent le cimetière en vue du grand festin sauf un, celui qui a la responsabilité de vous garder. C'est le plus costaud de la meute. Il vous surveille, sourire aux lèvres. Son sens de l'humour n'est peut-être pas mort avec lui. Tu tentes ta chance avec les meilleures blagues de ton répertoire. Une blague, deux blagues… Cinq blagues plus tard, le mort-vivant se tord de rire sur le sol vaseux. Tu en profites pour frotter les liens qui te retiennent sur une pierre tombale craquelée.

Libre, tu détaches tes amis, et vous quittez le secteur en douce jusqu'au chapitre 10.

17

« Est-ce que tu savais que tu étais un peu folle ? lui dis-tu en faisant tourner ton index sur le côté de ta tête. Mais c'est un peu pour cela que je t'aime, rajoutes-tu en lui souriant. Voilà mon super pistolet, tu peux faire le plein... »

Marjorie saisit le gros pistolet multicolore et le remplit. Ensuite, elle donne quelques poussées sur le fût, et le voilà chargé. Jean-Christophe et toi suivez maintenant Marjorie qui avance devant vous vers l'entrée du cimetière avec le super pistolet devant elle, prête à faire feu. Euh non ! À faire eau plutôt...

Comme vous arrivez à l'entrée, la grande porte de fer forgé rouillée s'ouvre. C'était à prévoir, d'ailleurs, c'est toujours la même chose, comme dans tous les films d'horreur.

D'une rue voisine, quelques cris lointains vous annoncent cruellement que les squelettes en scooter viennent de faire leurs premières victimes de la nuit. Vous marchez sur le sol vaseux du cimetière. Un brouillard verdâtre enveloppe les pierres tombales et le grand chêne. Tu essaies de cacher ta frayeur, mais impossible, les traits de ton visage se lisent aussi facilement que des lettres, des lettres qui forment le mot... PEUR !

C'est sur vos gardes que vous allez au chapitre 4.

18

Tu ramasses la clé et tu la glisses dans la serrure du curieux petit coffre de bois ciselé, sous les regards inquiets de tes deux amis.

« J'crois pas que tu devrais, te confie Marjorie avant que tu puisses tourner la clé. Une boîte comme ça, trouvée dans un cimetière, cela ne peut être autre chose que la boîte de Pandore... UNE BOÎTE À MAUVAISES SURPRISES ! »

Tu examines le coffre. Il tient entre tes deux mains.

« Si jamais il y a une espèce de monstre qui jaillit de l'intérieur, lui dis-tu pour la calmer, il ne sera pas très grand. S'il cherche la bagarre, je l'écraserai avec mon pied, et ça sera tout...»

Tu agites le coffre. CLOC ! CLOC ! CLOC ! Il y a définitivement quelque chose dedans. Tu tournes la clé, CHLIC ! et tu lèves le couvercle. À l'intérieur, il n'y a rien ! IL EST VIDE ! Tu le secoues encore. CLOC ! CLOC ! Qu'est-ce que ça veut dire ? C'est comme s'il contenait quelque chose que tu ne puisses pas voir ni toucher. Tu le tournes à l'envers pour faire sortir ce que tu ne vois pas. Tout à coup... DE GROS FLOCONS DE NEIGE SE METTENT À TOMBER !

Fasciné par le paysage devenu tout blanc, tu te rends au chapitre 7.

19

Chacun des livres est recouvert d'une peau d'animal : des peaux de serpent, des plumes d'oiseau et même des fourrures colorées d'animaux qui te sont inconnus. Tu en saisis un. Au toucher, le livre est chaud, comme s'il s'agissait d'une créature encore en vie. La sensation est très bizarre. Tu l'ouvres. À l'intérieur, il n'y a que des pages blanches ; rien n'a été écrit. Tu le ranges et tu en prends un autre. Rien non plus, les pages sont toutes blanches.

Tes amis en saisissent un, et c'est la même chose. Des milliers de livres et pas une seule lettre de l'alphabet…

Ces livres sont peut-être écrits en braille. Tu approches l'index vers la page à la recherche de petits points saillants qu'utilisent les aveugles pour lire. Alors que ton doigt touche la page… UNE VOIX SÉPULCRALE ÉMET UN MOT !

« ERVIL ! »

Tu avances ton doigt. La même terrifiante voix poursuit la lecture.

« TNEIVER À AL EIV ! »

Système de lecture informatisé ou sorcellerie ? La réponse au chapitre 86.

Tu t'approches d'une petite étagère de bois sur laquelle reposent trois curieuses bouteilles. Par leur forme bizarre, tu te doutes que l'une d'elles a la vertu de rétrécir celui qui en boit quelques gouttes. Mais sais-tu lire la langue des sorcières ?

Observe bien les étiquettes et rends-toi au chapitre inscrit sous la bouteille que tu auras choisie...

21

Vous vous approchez du chêne géant. Une immense tête de mort a été taillée à même l'écorce de l'arbre. Des volutes de fumée sortent de ses orbites comme si l'arbre respirait. À l'intérieur de sa grande bouche béante, vous apercevez un escalier sculpté qui monte sans doute dans les ténèbres du tronc. Tu ne peux pas t'empêcher de frissonner.

Tu franchis le seuil de la mâchoire et tu poses le pied sur la première marche. Elle émet un craquement sinistre.

CRRRRRIIIII !

À l'intérieur, vous découvrez que chacune des branches du grand chêne est en fait un passage éclairé par de petites lanternes. Quelqu'un habite cet arbre, c'est sûr et certain… Vous avancez dans la première branche creuse, l'oreille aux aguets. Sur les parois de bois a été taillée l'indication suivante :

BIBLIOTHÈQUE

… et une flèche pointe droit devant vous. Qui pourrait bien cacher des livres au fond d'un arbre ?

Vous faites quelques pas en direction du chapitre 63 tout en réfléchissant.

22

Vous appuyez sur le bouton en forme de crâne, et vos scooters démarrent.

VROOUUMM !

Vous tournez l'accélérateur pour vous engager dans le sombre sentier menant aux confins de la forêt. Les grands yeux lumineux des scooters illuminent le parcours. Faire du motocross au beau milieu de la nuit, avoue que tu ne t'attendais pas à ça…

Mais cette balade qui s'annonçait agréable vient de prendre une autre tournure, car, derrière vous, des squelettes en scooter vous ont pris en chasse. VOUS APPUYEZ À FOND SUR L'ACCÉLÉRATEUR ! Vous filez à une vitesse foudroyante en zigzaguant entre les arbres avec une maîtrise dont tu ignorais l'existence. C'est peut-être ça, avoir des ailes lorsqu'on a peur. Tu regardes une fraction de seconde dans ton petit rétroviseur : les squelettes sont toujours à vos trousses. Comment les semer ? Tu réfléchis vite… La gorge de Sombreville !

Tu quittes le sentier et tu t'enfonces dans la forêt. Marjorie et Jean-Christophe te suivent.

Conduis tout le cortège de scooters à la gorge. Elle se trouve au chapitre 104.

23

À peine avez-vous fait quelques pas sur le pont que les planches craquent et cèdent. **CRAAAAC !** Dans un ultime effort, vous réussissez à vous agripper aux cordages. Sous vos pieds, la rivière de lave chaude bouillonne. Il fait chaud. La chaleur fait vite sécher les larmes de peur qui coulent sur ta joue. Un à un, vos doigts glissent du cordage. En bas, vous apercevez la carcasse d'un vieux voilier qui dérive et qui se consume lentement dans la lave. C'EST VOTRE SEULE CHANCE !

Vous vous laissez tomber pour atterrir sur l'épave flottante. Debout sur le pont, vous évaluez la distance entre vous et la rive. Il y a plus de cinq mètres. Impossible de sauter pour la rejoindre. Une vague de lave se brise sur la coque du navire et met le feu à la figure de proue. Les planches du pont s'enflamment rapidement. Il y a de la fumée partout, vous étouffez…

Vous devez vous réfugier dans la cale. En bas, il y a encore de la fumée, sauf que chacune des volutes de fumée possède… DES YEUX ET UN SABRE ! Ce sont des fantômes de pirates qui croient que vous avez pris leur navire… À L'ABORDAGE ! Croyez-vous avoir la moindre chance de vous en sortir ?

NON!

24

Tu appuies sur l'interrupteur, et tout de suite une série de néons poussiéreux clignotent et s'allument. Près d'un mur de briques peint aux couleurs d'un grand manufacturier de pneus, il y a des carcasses de motos. À côté, tu remarques un grand coffre aux tiroirs ouverts d'où brillent des jeux d'outils. Sur une table de travail se trouvent toutes les pièces d'un moteur démonté. Des étagères contiennent des litres d'huile, des contenants de graisse et des pièces de rechange. Tu te frottes les yeux, car tu ne peux pas croire ce que tu vois. C'est un garage… UN GARAGE POUR SCOOTERS, EN PLUS !

Maintenant, tu ne te frottes plus les yeux, incrédule. Tu jubiles, car il n'y a pas de doute, vous êtes sur la bonne voie. Tu t'arrêtes lorsque tu aperçois dans un coin un squelette en salopette tachée de graisse assis sur un tabouret. Il porte une casquette et il semble roupiller.

Marjorie, qui ne l'avait pas encore aperçu, sursaute lorsque tu pointes silencieusement le squelette du doigt pour l'avertir. Vous vous cachez derrière le coffre pour réfléchir en sortant la tête chacun votre tour pour le surveiller…

Tourne discrètement les pages de ton Passepeur jusqu'au chapitre 32.

25

Trois paires de mains osseuses vous attrapent et vous soulèvent de la terre ferme. Le chef des squelettes s'approche de toi. Il n'a pas vraiment l'air content. En fait, il est assez difficile de dire s'il est content ou pas, puisqu'il n'a presque plus de peau autour du crâne…

Marjorie dégaine son pistolet à eau bénite, mais s'aperçoit qu'il s'est brisé et vidé de son contenu. Le chef lui fait un cruel sourire avec sa moitié de bouche. Les squelettes vous conduisent loin dans la forêt et vous abandonnent. Autour de vous, les arbres vous paraissent plus grands que les autres. Leur feuillage est immense et cache complètement le ciel. Pas moyen de vous guider à partir de l'étoile polaire. Vous errez comme ça pendant des heures, ne sachant pas où aller. Tu regardes ta montre. Il est dix heures du matin, et il fait toujours noir à cause de ces foutus arbres gigantesques qui cachent le soleil.

Allez-vous réussir à sortir de cette forêt maudite ? NON ! Quelques mois plus tard, qui retrouve vos corps ? Les squelettes… Pour faire de vos carcasses desséchées des membres actifs de la bande. Pourquoi ? Parce que vous savez conduire des scooters, et même très bien, vous l'avez prouvé…

FIN

26

D'autres minutes passent. Dehors, les criquets qui égayaient cette belle soirée se sont tus et ont fait place au son lugubre du vent.

OOUUUUUUUUUUU !

Pas la peine de regarder sur ton réveil... IL EST MINUIT !

Le vrombissement de plusieurs scooters se fait de plus en plus audible. Tu pousses les couvertures, et d'un seul bond, tu te retrouves devant ta fenêtre. Avec deux doigts, tu écartes les lames du store vénitien. ATTENTION ! Il ne faut pas qu'ils te voient, sinon il pourrait t'arriver la même chose qu'à la vieille qui habite la maison d'en face.

Hier, ces squelettes démoniaques l'ont aperçue à sa fenêtre. Ils se sont lancés comme des fous et ont enfoncé sa porte avec leurs scooters. Apeurée, elle s'est réfugiée dans le sous-sol pour se cacher dans son gros coffre en cèdre. Heureusement, les squelettes ne l'ont pas trouvée. En plus d'avoir saccagé la maison, ils s'en sont pris à son jardin et à ses plates-bandes de fleurs, ses fleurs chéries, comme elle dit. Résultat : la vieille a fait une crise de nerfs et s'est retrouvée à l'hôpital.

Trois scooters tournent le coin de la rue et apparaissent dans la rue Latrouille. Va au chapitre 42.

27

Tu attrapes un flambeau accroché au mur, et vous vous engagez dans la salle voisine, là où se trouve la tombe de Gor Dratom. L'épitaphe vous révèle son terrible secret et confirme qu'une espèce de malédiction s'est abattue sur les Dratom. En effet, Gor Dratom, lui, n'a pas été happé par une voiture… MAIS PAR UNE CALÈCHE !

Il était le premier de la lignée des Dratom à avoir habité Sombreville. Nul doute qu'il y a un lien entre cette famille et les scooters qui hantent la ville. Vous sentez tous les trois que vous êtes près du but. Il ne vous reste qu'une seule tombe à trouver. Celle du dernier des Dratom.

Vous empruntez un long escalier qui vous entraîne au plus profond du mausolée. Au centre d'une autre grande pièce trône un imposant cercueil. Vous y pénétrez à pas prudents. Sur la plaque en or vissée sur le couvercle est gravé : « Ci-gît Paul Dratom, mort en 1998 dans un accident de… SCOOTER » !

Profaner une tombe n'est pas dans vos habitudes, mais celle-ci, il serait peut-être bon de l'ouvrir…

Allez au chapitre 52.

28

Gor Dratom saute et atterrit juste devant toi. Pas mal agile pour quelqu'un qui est dans un état de décomposition avancée. Tu le fixes intensément jusqu'à ce qu'il fasse le premier geste.

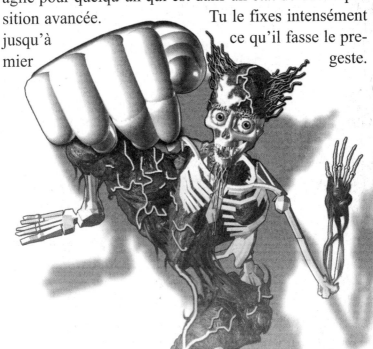

Vif comme l'éclair, tu t'écartes de la trajectoire de son gros poing osseux. Il voulait t'aplatir la figure, mais son poing va finalement briser une poutre de bois, et une partie de l'escalier s'écroule sur vous.

Vous vous retrouvez au chapitre 57, ensevelis sous les décombres.

Fiers de cette information, vous revenez au chapitre 4.

Tu essaies de te gratter la tête, mais ta main se dirige vers ton ventre et tu te grattes le nombril. Qu'est-ce qui se passe ? Tes amis se rendent compte eux aussi que ce qu'ils ont dit n'est pas tout à fait exact...

Tu essaies de t'approcher d'un grand miroir, mais au lieu d'avancer... TU MARCHES PAR EN ARRIÈRE ! À reculons, tu réussis à contourner le grand lustre de cristal qui, lui, est suspendu au plancher, qui se trouve être le plafond, enfin tu vois ce que je veux dire. Tu fais du *moonwalk* comme ça jusqu'à Jean-Christophe et tu essaies de discuter avec lui, mais les mots qui sortent de ta bouche disent le contraire de ce que tu voudrais lui dire. Il baisse les épaules au lieu de les lever pour te signifier qu'il ne saisit pas un traître mot de ce que tu lui chantes.

Découragé, tu remarques juste au-dessus de ta tête qu'un vieillard est assis dans un grand fauteuil en face du foyer. Tu constates que dans cette pièce règne une malédiction qui met tout à l'envers. Même ce que vous dites... Tu décides de tourner cette situation à ton avantage. Tu demandes au vieillard comment NE PAS terminer cette aventure, il te répond : « PAR LE MAUSOLÉE... »

30

« Taisez-vous ! vous ordonne Jean-Christophe. J'ai entendu quelque chose… »

Tu essuies ton visage avec ton t-shirt et tu te mets à scruter la pénombre. Rien ne bouge, à part la brume qui se dissipe. Tout est mort autour de vous. Devant toi, juste devant toi, il n'y a que le mausolée…

Examine-le attentivement, et ensuite va au chapitre 64.

31

« Mais c'est impossible, ça », te dit Marjorie, incrédule, lorsque tu appuies sur le bouton. **CLIC** !

L'appareil se met à gronder, et des dizaines de petits témoins lumineux se mettent à clignoter. Une lumière vive envahit ensuite la pièce, et le corps d'une jeune fille se matérialise autour des os du squelette. Les mâchoires de tes amis en tombent. Des murmures s'échappent des lèvres de la jeune fille. Vous vous approchez :

« Je suis Anatoline Dratom, vous dit-elle de sa petite voix. Avant sa mort, le premier des Dratom, Gor Dratom, a fait un pacte avec le diable, raconte-t-elle. En échange de la vie éternelle, Gor a promis au diable qu'il ferait le mal et hanterait Sombreville aussi longtemps que la grande horloge de la ville fonctionnerait. Ce pacte avec le diable a frappé tous les Dratom, jusqu'au dernier, comme un mauvais sort. Il n'y a qu'une façon de le conjurer : il faut à tout prix briser le mécanisme de l'horloge située tout en haut de la tour au cœur de la ville. Si vous réussissez, le pacte sera lui aussi brisé, et les scooters disparaîtront. Il vous faudra cependant affronter Gor, qui garde scrupuleusement les lieux pour préserver son immortalité…»

Allez au chapitre 40.

32

« Trois Téméraires contre un squelette, vous fait remarquer Marjorie. Il faut profiter de cet avantage. Nous sommes deux de plus que lui, et lui, deux de moins que nous. Nous sommes donc quatre dans ce garage…

— Bravo ! Tu sais compter, se moque Jean-Christophe. Que la situation soit critique ou non, il faut toujours que tu déconnes un peu, toi !

— Ta sœur rigole, mais au fond elle a raison, dis-tu à ton ami. Il ne faut pas attendre que les autres reviennent, nous devons agir tout de suite. »

D'un seul bond, tu te lèves et tu te diriges, armé de ton super pistolet, vers le squelette endormi. Tu longes le mur, ramassant poussière et toiles d'araignée sur ton passage. Ton pied heurte une canette de cola vide que tu n'avais pas vue. Elle se met à rouler et s'arrête près du squelette qui, heureusement, ne s'est pas réveillé. Tu laisses échapper un « fiou ! »

Tu avances lentement jusqu'à lui et tu pointes ton super pistolet sous son nez, enfin, où se trouvait son nez lorsqu'il était vivant. Le squelette se réveille et lève les bras en signe de soumission.

BELLE CAPTURE ! Va au chapitre 41 maintenant.

33

Vous marchez, le dos courbé, dans un étroit tunnel. Des toiles d'araignée se collent à ton visage, tu les en-lèves avec dégoût. Sur le sol humide, de gros insectes se disputent la carcasse desséchée d'un rat. BRRR ! Cet endroit aurait besoin d'un sérieux ménage. Vous progressez jusqu'à l'entrée d'une grande salle encombrée d'étagères remplies de vieux livres poussiéreux. Placardé partout sur les murs, il y a le même avertissement : « SILENCE ! SINON… »

« C'est la bibliothèque des registres des morts, vous dit Jean-Christophe. Ce serait bon de consulter les…»

Une voix ténébreuse se fait soudain entendre :

« CHUUUT ! » souffle-t-elle d'une façon lugubre…

Vous vous regardez tous les trois, apeurés.

« Nous ne sommes pas seuls ici, dit Marjorie tout bas.

— CHUUUUUUUT ! vous prévient encore la voix.

— J'crois qu'il vaudrait mieux rebrousser chemin, suggères-tu à tes amis au moment où la voix lance un dernier mais très impératif…

— … CHUUUUUUUUUUUUT ! »

Vous vous dirigez sur la pointe des pieds vers la sortie au chapitre 58.

34

Ça ne sert à rien de frapper sur la porte pendant cent ans, elle est maintenant verrouillée à clé…

À l'intérieur, des torches crépitantes accrochées aux murs font valser vos ombres sur le sol. Sans elles, il ferait très noir ici. Vous attrapez tous les trois une torche pour faire la visite des lieux. Des araignées velues courent sur leurs toiles.

Vous faites le tour du mausolée. Ça pue les morts. Autour de vous, il n'y a que des cercueils poussiéreux. Pas d'autre sortie. Pendant que vous réfléchissez, le couvercle d'un des cercueils s'ouvre.

CRRRRRRRRRR !

Lentement, une main décharnée apparaît, puis un corps en tout aussi mauvais état en sort. Vous vous laissez choir silencieusement sur le sol. Est-ce que ce zombie, ce cadavre en état de décomposition avancée, va vous apercevoir ? Pour le savoir… ·

… TOURNE LES PAGES DU DESTIN.

S'il vous a vus, allez tout droit au chapitre 45.

Si, au contraire, il n'a pas remarqué votre présence, allez au chapitre 72.

35

Ton sang bouille dans tes veines. Tu n'as pas le choix : tu vides ton super pistolet sur eux, PSSSSSSS ! et tu les fais tous les trois fondre comme de la crème glacée au soleil.

La ville est enfin débarrassée de ces scooters démoniaques. Il reste cependant Gor Dratom. Si vous ne réussissez pas à l'envoyer en enfer lui aussi, il trouvera d'autres moyens pour semer la pagaille et le chaos dans tout Sombreville…

Vous observez la haute tour de l'horloge. La lune projette son ombre menaçante devant toi comme un tapis noir déroulé juste pour vous jusqu'à la porte. Tu brasses ton pistolet et constates que le réservoir est vide. Tu le jettes par terre et tu te diriges vers l'entrée de la tour.

Tu pousses la lourde porte cloutée, et vous pénétrez à l'intérieur. L'odeur d'un corps en décomposition agresse ton nez. Quelques chauves-souris agrippées au mur de pierres lancent des petits hurlements lugubres et s'envolent dans les ténèbres de la tour. Tu lèves la tête. Gor Dratom est perché tout en haut, comme un vautour. Derrière lui, votre objectif… LES ROUES DENTÉES DU MÉCANISME DE L'HORLOGE !

C'est parti ! Va au chapitre 28 pour le combat final.

36

Assis par terre, tu t'étonnes de voir la gargouille repartir et t'abandonner à ton sort. Tu te relèves pour constater qu'il n'y a pas de dégâts, à part la boue sur tes jeans.

Tout autour, une lumière diffuse passe entre les arbres. Tu portes ton regard au loin et tu distingues vaguement des silhouettes qui se déplacent. Tu te tiens fébrilement au beau milieu de la clairière, le regard terrifié, lorsqu'une ombre se met à onduler devant toi. Tu voudrais foutre le camp, mais il n'y a aucun muscle de ton corps qui répond… QU'EST-CE QUI SE PASSE ?

Au-dessus de toi, la nuit noire fait place au jour, puis encore à la nuit. Des centaines de jours et des centaines de nuits passent. Tu te sens grandir et puis vieillir…

L'ombre voleuse de temps qui dansait devant toi s'est enfin volatilisée. Tu as retrouvé ta liberté, mais des années ont passé, en fait… COMBIEN D'ANNÉES T'A-T-ELLE VOLÉES ?

En te traînant les pieds, tu te diriges vers un ruisseau. Lorsque tu te penches au-dessus de sa surface, tu aperçois ton visage… PLEIN DE RIDES !

Rends-toi maintenant au chapitre 49.

37

Vous n'avez rien remarqué, mais elle était restée là, derrière une pierre tombale.

Inconscients du danger, vous ouvrez lentement la grille et entrez une deuxième fois. Soudain, tout s'obscurcit autour de vous, comme si quelqu'un avait éteint la lune qui brillait en la soufflant comme une bougie. C'est elle, la créature invisible !

Elle prononce quelques paroles incompréhensibles, et vous vous enfoncez dans le sol comme dans du sable mouvant. Tu restes immobile, parce que tu as souvent vu à la télé que, en pareil cas, il ne fallait pas bouger, sinon on s'y enfonçait encore plus.

Mais le sol vaseux monte toujours. Tu es enseveli jusqu'à la taille maintenant, et ça continue. Foutue télé ! Il ne faut pas toujours croire ce qu'on y voit.

Les asticots et les rats d'une fosse voisine viennent de flairer la chair fraîche et s'amènent vers vous. Affolé, tu gigotes le plus que tu peux, mais ta tête s'enfonce sous le sol, et tu disparais…

Au chapitre 50, maintenant.

38

Vous examinez la sépulture béante. Cette tombe a été profanée ou, pire, le cadavre qui reposait dans ce cercueil a repris goût à la vie. Les pas sur le sol en sont la preuve.

Sur vos gardes, vous fouillez le cimetière des yeux et remarquez qu'une procession de morts-vivants avance silencieusement sur le petit chemin rocailleux. Vous cherchez une place pour vous cacher, mais cette maudite pleine lune jette sa lueur bleuâtre sur tout le cimetière et éclaire tous les coins sombres. Les morts-vivants changent de trajectoire et arrivent droit sur vous. Marjorie pointe le pistolet à eau bénite dans leur direction, mais se ravise lorsqu'elle se rend compte qu'ils sont trop nombreux. VOUS DEVEZ FUIR ! Trois morts-vivants se postent à l'entrée du cimetière. Impossible de quitter l'enceinte maintenant...

Vous zigzaguez entre les arbres et les tombes, poursuivis par cette meute affamée de cerveaux humains. Va-t-elle finir par t'attraper ? Pour le savoir...

... TOURNE LES PAGES DU DESTIN.

Si un de ces répugnants zombies agrippe ton chandail et t'attrape, rends-toi au chapitre 16.

Si, par contre, tu réussis à t'enfuir, cours jusqu'au chapitre 47.

39

Le visage crispé dans une horrifiante grimace, tu donnes un petit coup de coude à Jean-Christophe pour l'avertir que les deux gargouilles qui ornent le toit du mausolée… ONT BOUGÉ !

Marjorie aussi l'a remarqué. Elle saisit ton bras et le serre très fort, si fort qu'elle te coupe la circulation sanguine. Des picotements commencent à se faire sentir au bout de tes doigts. Tu observes, sidéré, les deux gargouilles. Réveillées d'un long sommeil, elles penchent la tête d'un côté et de l'autre et étendent tout grand leurs ailes.

« Qu-qu'est-ce qu'on fait maintenant ? » te demande Marjorie, d'une petite voix.

Tu jettes un coup d'œil derrière toi pour évaluer la situation. L'entrée du mausolée est beaucoup plus près que la sortie du cimetière. Vous n'avez pas le choix, votre seule chance de fuir ces gargouilles, c'est de vous mettre à l'abri à l'intérieur du vieil édifice de pierres, même si quelque chose de pire vous y attend. C'est un risque à prendre…

À go, vous foncez tous les trois vers l'entrée du mausolée au chapitre 100. GO !

40

Vous êtes tous les trois attristés de voir que les effets du rayon Z se dissipent. Anatoline redevient le squelette blanc et sec qu'elle était. Par mesure de politesse, vous la ramenez au mausolée familial avec la promesse de faire cesser cette malédiction afin qu'elle retrouve, ainsi que toute sa famille, le repos éternel.

Vous vous dirigez ensuite vers la tour de l'horloge autour de laquelle les scooters tracent des cercles en faisant un boucan incroyable.

Allez au chapitre 97.

41

Tu te retournes, en souriant nerveusement, vers tes amis qui accourent.

« On fait quoi, là ? » demandes-tu à Jean-Christophe.

Marjorie te répond :

« Il faut le faire parler, te dit Marjorie en croyant avoir trouvé une idée super géniale, et tout lui faire avouer…

— Ah ! Ouais, le faire parler, rigole son frère. Comment veux-tu que ce squelette nous cause, il n'a pas de langue, pas de larynx, pas de cordes vocales non plus. Tu vois bien qu'il n'a aucun organe, t'as pas besoin de rayons X pour voir cela…

— OUI ! RAYONS X ! cries-tu à tes amis. J'ai un plan ! Aidez-moi ! Il faut emmener ce squelette à l'hôpital de Sombreville.

— Mais t'es complètement totalement cinglé, te lance Marjorie, avec raison. Tu veux le faire soigner ? Il est trop tard si tu n'as pas remarqué ; d'ailleurs, y a pas plus mort qu'un squelette.

— J'vous dis que j'ai un plan », finis-tu par leur faire comprendre.

Tu pointes le pistolet sous le menton du squelette pour lui intimer l'ordre de vous suivre. À votre grand étonnement, il se lève lentement, écarte le pistolet de son visage et ouvre la marche jusqu'à l'hôpital au chapitre 79.

42

Tu ne prends pas de risques. Tu fermes les lames du store lorsque les trois bolides lumineux passent en trombe devant chez toi en soulevant la poussière.

Sur ton ordinateur, qui reste toujours allumé parce que l'écran te sert de veilleuse, apparaît soudain l'icône de ta boîte de réception de courriels. À cette heure si tardive ! Qui pourrait bien vouloir t'écrire ?

Tu cliques deux fois sur la petite enveloppe qui tourne à l'écran, et l'envoi s'ouvre. C'est Marjorie : « OK ! OK ! Ça y est. J'en ai ras-le-bol de ces squelettes débiles qui empêchent tout le monde de dormir. Si je manque de sommeil encore une nuit, je vais avoir besoin d'une chirurgie plastique. La police s'avoue impuissante devant ces motards morts, alors nous allons nous en occuper, nous, les Téméraires de l'horreur. Ah oui ! Apporte ton super géant pistolet à eau, je leur ai préparé une petite surprise. Jean-Christophe et moi, nous t'attendons au bout du cul-de-sac de la rue Mort-noire dans une quinzaine de minutes. Attention de ne pas te faire remarquer… »

Attends quinze minutes et rends-toi au chapitre 53. PAS DE TRICHE !

43

SPLOUCH ! En plein dans le mille.

Le gros insecte virevolte et va écraser sa grosse tête laide sur le comptoir devant le petit garçon étonné.

« WOW ! » fait-il, émerveillé par ton adresse.

Le petit garçon te remet le sac rempli des victuailles commandées par son frère, et vous remontez auprès de lui. Le vieux vieillard vieillissant se régale de quelques queues de rats et vous dit, la bouche pleine :

« MUMPH ! Quelle est, MUMPH ! votre question ? »

Tu réfléchis quelques secondes et tu lui poses celle-ci :

« Quel est le chemin le plus court pour terminer cette aventure ?

— QUOI ! s'étonne-t-il. Vous ne voulez pas savoir quelque chose du genre les réponses de vos examens de fin d'année ou les numéros gagnants de la prochaine loterie ?

— Non ! insistes-tu. Ma question reste la même.

— Très bien, répond le vieil homme. Le mausolée du cimetière vous conduira à la bonne fin. Faites attention aux gargouilles qui surveillent l'entrée… »

Fiers de ce renseignement, vous retournez tout de suite au chapitre 4.

44

Vous tournez les talons et vous foncez vers la sortie du grand chêne.

Quatre livres s'envolent comme des chauves-souris et passent au-dessus de vos têtes pour vous barrer la route. Marjorie les arrose d'eau bénite, sans succès.

Tu luttes contre ces livres démoniaques, déchirant leurs pages, brisant leurs couvertures.

SCRITCH ! SCRATCH ! BRIIIC !

Un grand bouquin arrive derrière toi et te taillade le bras avec ses pages. Tu le projettes à l'autre bout de la branche creuse, d'un bon coup de pied. La blessure est douloureuse. Des centaines de livres de toutes les tailles vous entourent. Une extraordinaire bataille s'ensuit, de laquelle vous sortez… PERDANTS !

Ces livres sont assoiffés d'encre et, à défaut d'encre, ils vont se contenter de votre sang. Si jamais vous êtes pris d'une soudaine envie de faire une petite lecture nocturne, visitez la bibliothèque du grand chêne, troisième branche à droite. Vous verrez que les livres sont maintenant remplis de textes macabres écrits en rouge… AVEC LE SANG DES TÉMÉRAIRES !

FIN

45

Vous l'entendez marcher dans le mausolée. Il se traîne les pieds comme le font tous les morts-vivants. Ce frottement de vieux os sur le plancher de marbre te fait grincer des dents. Il vous a vus, il n'y a aucun doute… CAR IL SE RAPPROCHE !

Marjorie se lève tout d'un coup et pointe le super pistolet vers l'abominable zombie. Mais avant qu'elle puisse l'asperger d'eau bénite surgit d'un cercueil tout près une créature au teint pâle qui la saisit et l'emporte.

AAAAAAAH ! AAAH !

Les hurlements de Marjorie s'estompent lorsque le couvercle du cercueil se referme sur elle. Vous jouez au chat et à la souris avec l'autre mort-vivant qui essaie de vous attraper afin de rassasier sa faim éternelle de cerveaux humains. Te faire croquer le crâne, ça, tu ne voudrais pas. Le mort-vivant pousse des hurlements lugubres. GROOOOOOUUUUWW ! GROOUUUW !

Vous apercevez en même temps un filet de lumière qui filtre à travers l'un des cercueils… UN PASSAGE SECRET !

Vous soulevez le couvercle et découvrez un escalier qui vous emmène dans les profondeurs du chapitre 74.

46

L'ours-garou enroule ses bras velus autour de toi. Tu hurles : « OUAAAAAAAAAAH ! » Marjorie et Jean-Christophe font volte-face et attrapent ton chandail. Le monstre rugit en te bavant sur la tête. Tes amis se mettent à tirer de toutes leurs forces pour t'extirper de ses griffes.

Mais l'ours-garou est beaucoup trop fort ; il vous traîne tous les trois jusqu'à la cime du grand arbre où se balance, sur une chaise berçante faite de racines, un vieillard hideux. Vous frémissez d'horreur lorsque vous l'apercevez. Ses vêtements sont couverts de lichen et de mousse. Les ongles de ses doigts mesurent au moins dix centimètres, et des champignons poussent sur ses longs cheveux gris et sur sa barbe.

Il remet un gros su-sucre à l'ours-garou, qui s'en régale. Le vieil homme vous regarde comme ça, de longues minutes sans rien dire. Tu es tellement mal à l'aise que tu te mets à siffler en regardant ailleurs.

OUIIIIIIIIIII !

Finalement, il daigne ouvrir la bouche.

« Seriez-vous assez gentils, commence-t-il d'une voix nasillarde, de faire pour moi une petite commission à l'épicerie tout au bout de la troisième racine du grand chêne ? »

Tourne les pages de ton livre jusqu'au chapitre 94.

47

Huit morts-vivants vous poursuivent jusqu'au coin nord de l'enceinte du cimetière. Là, vous apercevez de la fumée noire qui s'échappe d'un des caveaux tout près. Vous réfléchissez : affronter ces bouffeurs de cerveaux ou vous engager encore plus profondément dans le royaume des morts ?

Vous poussez la lourde dalle qui recouvrait l'entrée du caveau, car mieux vaut mourir tantôt que mourir tout de suite.

Vous dévalez les marches glissantes recouvertes de mousse. L'odeur de la fumée parvient à tes narines. C'est un mélange de chandelle qui se consume avec quelque chose d'autre. Comme une odeur de cadavre brûlé...

Vous descendez des dizaines de marches avant d'arriver devant une grande statue vraiment étrange. C'est de sa bouche que s'échappe cette fumée si malodorante. Vous faites un tour rapide de la petite pièce où vous êtes sans trouver d'issue.

De l'escalier proviennent les grognements caverneux des morts-vivants qui s'amènent.

GREUUUUUUH ! GRRRRRR !

Allez au chapitre 3.

48

Avant de vous y engager, examinez bien chacune des planches du pont sur cette image…

Pour traverser…

… allez-vous marcher sur les planches numérotées 1, 2, 4, 6 et 7 ? Si oui, allez au chapitre 102.

Voulez-vous plutôt poser les pieds sur les planches numéros 1, 3, 5, 6 et 7 ? Dans ce cas, allez au chapitre 23.

49

Après une très longue marche dans la forêt, tu as la chance de tomber sur une route achalandée. Au bout de seulement quelques secondes, un camionneur au cœur tendre succombe à ton pouce tout tremblotant et te ramène à Sombreville. Là, tu constates que le temps a aussi passé et a fait ses dégâts. Rien n'est pareil ! Les édifices sont lézardés, et les jeunes qui allaient à l'école avec toi ne sont plus que de chétifs vieillards, eux aussi.

Tu te diriges vers ta maison, qui se trouve au coin de la rue, en te servant d'une branche d'arbre comme canne. Une jeune fille souriante t'aide à traverser la rue Latrouille jusqu'à l'entrée de ta cour.

Les jours passent, et tu te fais finalement à l'idée que les randonnées à bicyclette, les parties de basket dans le parc avec tes amis et les jeux vidéo, c'est bien terminé pour toi. Tu n'as plus l'âge, tu n'es plus qu'un vieux croûton qui ne peut que s'adonner au jardinage en essayant d'arroser les enfants qui essaient de lui voler des carottes. Au fond, tu n'as pas beaucoup changé, tu ne sais pas plus viser après… TOUTES CES ANNÉES !

FIN

50

TU SURSAUTES ET OUVRES LES YEUX !

Les deux mains enroulées autour des barreaux de la grille de l'entrée du cimetière, tu regardes tes amis d'une façon épouvantée.

« QUOI ? Qu'est-ce que tu as ? te demande Marjorie. On dirait que tu viens de voir ton dernier bulletin scolaire.

— Je crois que je viens de faire un cauchemar éveillé, lui réponds-tu, encore sous le choc. C'était horrible ! La créature a dit une parole magique, et nous nous sommes enfoncés dans le sol du cimetière. Des rats et des asticots ont mangé notre cadavre. C'était peut être une prémonition ?

— Moi, je dis que tu as des visions, s'exclame Jean-Christophe. C'est très courant. On voit ça dans presque tous les cimetières et les salons funéraires. Les gens croient avoir vu un cercueil s'ouvrir, ou le mort a carrément bougé. On imagine toutes sortes de trucs lorsqu'il y a des cadavres tout près, réaction normale... »

Convaincu que c'est ton cerveau qui t'a joué un sale tour, tu suis Jean-Christophe, qui, sûr de lui, pénètre dans l'enceinte du cimetière. Soudain, tout s'obscurcit autour de vous, comme si quelqu'un avait éteint la lune qui brillait en la soufflant... COMME UNE BOUGIE !

FIN

51

RATÉ ! Tu ne sais donc pas plus viser que le vieux Turmel, ce bonhomme qui déteste tous les enfants du quartier et qui essaie toujours de vous atteindre avec son tuyau d'arrosage, lorsque vous vous servez de son jardin comme raccourci pour vous rendre à l'école. Pas une seule fois il n'a réussi.

La gargouille te fixe intensément. Tu appuies de nouveau sur la gâchette de ton pistolet. Le jet d'eau manque totalement de force et ne fait que quelques centimètres devant le bout du canon. La gargouille te sourit en te montrant ses crocs bien acérés. T'enfuir est maintenant ta seule option. Tu essaies de te retourner pour filer, mais l'autre gargouille t'attrape de ses mains puissantes et t'emporte avec elle. Incapable de te soustraire à son étreinte, tu te laisses emporter au loin… TRÈS LOIN !

Tu vois ta demeure passer sous tes pieds et plus loin, les limites de Sombreville. Infatigable, la gargouille t'entraîne à des kilomètres au-dessus d'une grande forêt qui t'es inconnue. Finalement, juste au-dessus d'une clairière, elle amorce sa longue descente en traçant des cercles dans le ciel. À quelques mètres du sol, elle te laisse choir. **POUF !**

Comme le font les parachutistes, tu fais un tonneau pour amortir ta chute, et tu te retrouves au chapitre 36.

52

Vous posez tous les trois vos mains sur le couvercle du cercueil et vous essayez de le soulever. Va-t-il s'ouvrir ? Pour le savoir…

… TOURNE LES PAGES DU DESTIN.

Si le cercueil s'ouvre, allez au chapitre 98.
Par contre, s'il est verrouillé, rendez-vous au chapitre 62.

53

Furtivement, tu sors de chez toi et tu t'enfonces dans la noirceur de la rue Mort-noire. Au bout, tu aperçois les silhouettes de Jean-Christophe et de Marjorie qui bougent nerveusement devant une petite forêt d'arbres morts dans laquelle se trouve… LE PLUS ANCIEN CIMETIÈRE DE SOMBREVILLE !

« Je l'avais presque oublié, ce vieux cimetière ! leur avoues-tu en arrivant à leur hauteur. Qu'est-ce qui vous fait dire que les squelettes en scooter viennent d'ici ?

— Les traces de pneus, te montre Jean-Christophe. Il y en a partout autour du cimetière. Elles convergent toutes à l'entrée.

— Ce cimetière, nous allons le nettoyer à l'eau bénite, tonne Marjorie en te montrant fièrement une grosse bouteille remplie d'eau.

— Comment t'as fait pour avoir autant d'eau bénite ? lui demandes-tu. Tu ne vas pas me dire que tu l'as piquée à l'église…

— Tu me prends pour qui ? se choque-t-elle, le regard sérieux. Je ne suis pas une voleuse, je suis rusée. Il y a une grande différence. J'ai tout simplement demandé au curé de me bénir pendant que je tenais dans mes mains cette bouteille remplie d'eau, c'est tout ! »

Allez au chapitre 17.

54

Vous marchez longtemps accroupis en vous cachant derrière les arbres et les pierres tombales. De nombreux arbres et autant de pierres tombales plus tard, les grognements ténébreux des morts-vivants finissent par s'estomper. Vous avez bel et bien réussi à quitter cette partie dangereuse du cimetière.

Comme tu allais souffler un peu, ton cœur se serre lorsqu'un vent glacial balaie soudain le cimetière.

OOUUUUUUUUUUU !

Juste au-dessus de vos têtes, une nuée de grands oiseaux sombres tracent des cercles dans le ciel étoilé. DES CORBEAUX ! En groupe comme ça, ils sont dangereux. Ils peuvent même s'attaquer aux gens, ces carnassiers dégoûtants. Vous restez immobiles pour ne pas être vus. Au bout de quelques minutes, ils s'envolent ailleurs, sans doute étourdis d'avoir tracé autant de cercles dans les airs…

Plus loin, vous découvrez une immense brèche dans la clôture qui s'ouvre sur un sentier sombre dans le bois. Le monstre qui a fait ça doit posséder une force herculéenne. La grille a été pliée comme s'il ne s'agissait que de vulgaires attaches de sacs-poubelles. Par terre, il y a de grandes traces de pas. Tu comptes les orteils… SEPT ORTEILS PAR PIED !!!

Allez au chapitre 99.

55

Au bout, la crevasse remonte et vous ramène à la surface, sur la terre ferme. Détrempés et tout crottés peut-être, mais au moins en vie…

La pluie cesse. Autour de vous, il n'y a plus une seule pierre tombale… SEULEMENT DES SCOOTERS ! C'est le stationnement des squelettes. Prudemment, vous vous approchez. Ces scooters n'ont rien de mécanique, ils ont l'air de créatures vivantes prêtes à mordre. Marjorie ose toucher un des scooters. Sous la carrosserie de métal gris, elle sent… UN CŒUR QUI BAT !

Vous n'avez jamais vu rien de tel, une mécanique vivante… Si ces scooters sont vivants, alors pourquoi ne vous ont-ils pas transpercés avec leurs énormes crocs pointus ? Ils ne sont peut-être pas méchants, eux. Devant un sinueux sentier qui se perd loin dans la forêt, trois scooters appuyés sur leur béquille vous tendent leur guidon. Jean-Christophe regarde les scooters, puis examine le sentier.

« NON ! fais-tu, car tu viens de comprendre qu'il a une idée derrière la tête, et lorsque ton ami a une idée derrière la tête, elle est souvent farfelue, voire dangereuse…

— Tu veux faire tout ce trajet à pied, toi ? » te demande-t-il…

… en s'approchant des scooters au chapitre 70.

56

Aussitôt que tu poses le pied sur l'escalier conduisant à la berge, l'eau mauve de la rivière se retire. Vous sautez tous les trois de justesse sur la première marche. La chaloupe descend au fur et à mesure que le fossé entourant le temple se vide d'eau. Des dizaines de mètres plus bas, sur le lit vaseux de la rivière, de grands poissons mutants frétillent d'agonie. Impossible de retourner en arrière, à moins que vous soyez capables de faire un saut prodigieux.

Vous jetez un œil prudent au temple et remarquez que la porte est entrouverte. À l'intérieur, c'est complètement vide. Vous suivez les gouttelettes de sang qui s'arrêtent juste au-dessous d'une grosse poutre qui traverse le temple de part en part. Il y a plein de marques de griffes sur elle. Une chauve-souris vampire géante vient s'agripper à cette poutre pour dormir le jour, ça, c'est certain…

Vous ramassez tous les gros cailloux et vous formez une immense croix sur le plancher du temple ; de cette façon, cette chauve-souris SDF, sans domicile fixe, devra trouver un autre logis dans une autre ville, et Sombreville sera à tout jamais débarrassée d'elle.

Au clair de lune, vous attendez patiemment que la marée haute remonte la chaloupe pour que vous puissiez retourner au chapitre 4.

57

Tu écartes les planches qui te recouvrent et tu grimpes à ce qui reste de l'escalier jusqu'au mécanisme de l'horloge. Le tic tac est assourdissant.

TIC ! TAC ! TIC ! TAC !

Tu observes les grandes roues dentées qui tournent devant toi en cherchant un moyen de les arrêter. Tu conjugues tes forces et tu essaies de les retenir. Rien à faire, le puissant mécanisme fait toujours avancer les aiguilles.

En bas, Gor pousse un grand cri terrifiant **GROOOUUUAH !** et se redresse d'un bond. Il plante ses doigts crochus entre les pierres du mur et escalade le bâtiment. Jean-Christophe réussit à dégager sa sœur, qui était emprisonnée sous un amas de planches et de poutres. Ensemble, ils prennent la fuite, te laissant seul dans le bâtiment avec ce monstre dangereux. Tu cherches à comprendre pourquoi ils t'ont abandonné de la sorte, car la panique n'excuse pas tout…

Maintenant, Gor est juste au-dessous de toi. Tu cherches une trappe ou une porte par laquelle tu pourrais t'enfuir toi aussi. RIEN ! Il n'y a même pas un bout de bois avec lequel tu pourrais te défendre ou du moins vendre chèrement ta peau.

Rends-toi au chapitre 15.

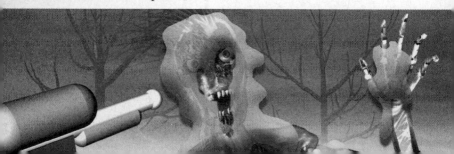

58

Juste au moment où vous sortiez, Marjorie renverse maladroitement une petite étagère. **BROUUM!**

Tous les trois, vous anticipez avec crainte le « chut ! » de cette voix sinistre qui vous glace le sang chaque fois. Mais à la place, des vagues de cire chaude recouvrent le sol. La cire durcit rapidement et soude vos pieds au plancher. Impossible de vous dégager. Une bougie géante s'approche de vous…

Trois nouveaux noms sont sur le point d'être inscrits dans le registre des morts de Sombreville…

FIN

59

C'est certain, il n'y a pas que des morts dans ce très sinistre cimetière. Quelqu'un ou quelque chose habite les lieux, mais vous n'êtes pas capables de mettre le doigt dessus. Vous continuez à marcher, tout en étant sur vos gardes.

Tu te diriges vers l'entrée du mausolée et remarques que la tête des gargouilles bouge… ET SUIT TES PAS !

Tu t'arrêtes, et elles s'arrêtent. Tu recommences à marcher, et elles te suivent du regard. Tu fais un pas sur le côté, et la même chose se produit. Ces deux monstres de granit vont-ils s'envoler pour vous attaquer ?

PAS DE RISQUE À PRENDRE ! Tu ouvres la bouche pour prévenir tes amis ; les gargouilles, elles… VOUS OUVRENT LES PORTES DU MAUSOLÉE !

Téméraires que vous êtes, vous acceptez cette invitation de vos hôtes perchés sur le toit. Vous pénétrez dans le mausolée. La porte se referme sur vous. Vous êtes pris au piège ! Comment sortir maintenant de cet endroit sombre et lugubre ? Comme vous êtes enfermés tous les trois de cette façon, tu te demandes s'il n'aurait pas été mieux que vous vous mêliez de vos oignons…

Allez au chapitre 34.

60

Le chef des squelettes, en s'avançant pour mieux voir, pose le pied sur tes doigts. Tu deviens tout rouge à cause de la douleur. Il lance ensuite un hurlement de rage : « **GRAAAOOOU !** » et disparaît avec les autres.

VROOOOUUUUMM !

Vous vous hissez sur la terre ferme, heureux d'être en vie. Vous longez le bord du gouffre en direction de la ville. Des pierres instables s'ébranlent en grondant **BRRRRRRR !** et vous êtes précipités dans le gouffre. Après cette chute terrible, vous retrouvez lentement vos esprits. Devant vous, le gouffre qui s'étend à des kilomètres vous paraît très risqué à cause des Sans-yeux qui y habitent. Des êtres qui ressemblent à d'inoffensifs cailloux, mais qui sont en fait des créatures avides de sang.

Vous sondez la paroi très à pic du gouffre en quête d'une partie facile à escalader. Soudain, une petite pierre dégringole de la paroi et roule jusqu'à toi… POUR TE MORDRE LE PIED !

Tu t'écartes d'elle. Voilà qu'arrive sur vous toute une avalanche de Sans-yeux. Vous filez comme des fous vous cacher dans l'ouverture profonde d'une très grosse roche… QUI SE REFERME SUR VOUS !

FIN

61

Le tunnel débouche sur une pièce éclairée par une unique bougie posée près d'un grand et ancien livre. Quelqu'un habite cet endroit. Qui aurait allumé cette bougie, sinon ? Vous vous approchez, sur vos gardes, du bouquin. Il est fermé, mais il y a cependant un signet placé entre les feuilles. Sur la couverture de cuir finement ciselé est inscrite cette mise en garde assez virulente : « Registre des morts. Il suffit de l'ouvrir pour y être inscrit… »

« Quelles sornettes ! dis-tu. Nous sommes près du but. C'est évident qu'il y a quelqu'un qui veut nous mettre des bâtons dans les roues.

— Tu crois ? » te dit Marjorie, un peu craintive.

Tu glisses l'index entre les feuilles ; le sol se dérobe sous vos pieds, et vous tombez jusqu'à une espèce de grande boîte où règne la plus grande des noirceurs. À l'étroit, tu tâtonnes. Autour de toi, tout est capitonné de velours… TU ES DANS UN CERCUEIL !

Paniqué, tu essaies de pousser le couvercle, mais il ne bouge pas d'un millimètre. C'est parce que tu es enterré dans un cimetière…

Tu n'aurais jamais dû ouvrir le registre des morts ! Mords-toi les doigts et va ensuite au chapitre 91.

62

Même en combinant toutes vos forces, vous n'arrivez pas à l'ouvrir. Tu fais le tour du cercueil et découvres sur le côté une serrure énorme. Vous décidez de fouiller la salle de fond en comble en quête d'une grosse clé qui pourrait l'ouvrir. Marjorie la trouve accrochée à un bout de bois sur un des murs. Elle prend la clé sans penser qu'il pourrait bien y avoir un piège. Et, bien sûr, sitôt la clé décrochée, le bout de bois pivote comme un levier et active un mécanisme infernal.

CLIC ! CLIC ! CLIC !

Le plancher se dérobe sous vos pieds, et vous chutez dans une autre espèce de pièce ronde remplie d'un liquide survolé par des centaines de mouches. Vos pieds ne touchent pas le fond. Vous essayez de garder la tête hors de cette très dégoûtante mixture. Autour de vous flottent sur le dos des rats morts et des araignées immobiles. Tu essaies de nager d'une main et, avec l'autre, tu te pinces le nez, car ça pue l'essence. Oui, l'essence ! Vous êtes tombés dans le carburant qu'utilisent les squelettes pour faire fonctionner leurs scooters. Au moins, cette aventure aura servi à quelque chose. Oui, car vos corps qui vont se dissoudre dans l'essence serviront à améliorer son indice d'octane… SUPER ! NON…

FIN

63

Vous continuez à avancer à l'intérieur de la branche. Autour de vous, les parois se rapprochent. Vous progressez, toujours à la lueur, parfois faiblarde, des petites lanternes. Devant vous, une respiration haletante se fait entendre. Tu arraches le pistolet à eau bénite des mains de Marjorie et tu t'approches sur la pointe des pieds. La grosse branche dans laquelle vous vous trouvez tourne comme un coude. Tu écoutes. Peu importe ce que c'est, ça se trouve juste après ce tournant.

Tu t'élances et, d'un bond prodigieux, tu te retrouves nez à nez avec un monstre aux proportions énormes. Tu voulais crier « surprise », mais c'est plutôt toi qui es stupéfait.

C'est un ours-garou à la mâchoire puissante et aux griffes acérées qui peut te réduire en bouillie en moins de deux. Ton pistolet ne peut rien contre ce monstre. Tu tournes les talons pour déguerpir. Va-t-il réussir à t'attraper ? Pour le savoir…

… TOURNE LES PAGES DU DESTIN.

S'il réussit à vous attraper avec ses grosses mains hideuses, allez au chapitre 46.

Si, par chance, vous réussissez à vous enfuir, allez au chapitre 12.

64

Jean-Christophe lève les épaules et écarte les bras.

« Désolé ! fait-il en s'excusant. Ça doit être mon imagination qui me joue des tours. »

Mais lorsque tu t'apprêtes à poursuivre ton chemin, **CRRRRRR !** un autre bruit survient. Il y a définitivement quelque chose d'autre dans le cimetière, car vous ne pouvez tout de même pas vous imaginer la même chose… EN MÊME TEMPS !

Observe à nouveau cette image du mausolée. Elle est différente de la précédente. Si tu trouves en quoi elle diffère, rends-toi au chapitre 39. Par contre, si tu ne remarques rien, va au chapitre 59. Tu peux la comparer avec l'image précédente, si tu le désires.

65

Vous vous précipitez vers la sortie. Là, vous devez vous écarter d'un bond rapide pour ne pas être tous les trois transpercés par les dents du grand crâne qui se referment comme la lourde grille du vieux château.

BLAM !

Impossible de vous évader du grand chêne du savant fou qui s'amène en riant de façon diabolique. Vous vous élancez dans une autre branche creuse. À l'entrée était inscrite une mention que vous n'avez pas vue : « BOUCHEZ VOS OREILLES ».

Tu cours devant tes amis jusqu'à un très minuscule auditorium où des statues sont assises. Sur la scène, il y a une grosse dame maquillée.

« Enfin des spectateurs ! vous dit la très rondelette cantatrice toute réjouie. Assoyez-vous ! Je vais vous fredonner ma plus belle mélodie. »

Vous vous exécutez, et aussitôt elle prend une grande inspiration et se met à hurler des sons si pétrifiants qu'ils vous transforment tous les trois… EN STATUES DE PIERRE !

« OUPS ! fait-elle en posant sa main devant sa bouche. Je crois que j'ai encore fait une fausse note… »

FIN

66

Vous errez comme ça des heures, sans trouver le moindre sentier qui pourrait vous ramener chez vous, à Sombreville. Une journée plus tard, vous apercevez quelque chose entre les arbres. Heureux, vous vous approchez et découvrez avec horreur les scooters que vous aviez laissés à votre arrivée dans cette forêt...

VOUS AVEZ TOURNÉ EN ROND !

Pas question de vous laisser décourager. Vous escaladez une colline pour mieux analyser la configuration des étoiles. L'étoile Polaire est par là, la Grande et la Petite Ourse sont juste là. Tu lèves le bras et pointes entre deux arbres.

« Sombreville est dans cette direction », dis-tu avec confiance à tes amis, qui t'emboîtent le pas.

Vous errez encore comme ça des heures, sans trouver le moindre sentier qui vous ramènerait chez vous, à Sombreville. Une journée plus tard, vous apercevez quelque chose entre les arbres. Heureux, vous vous approchez et découvrez avec horreur les scooters que vous aviez laissés à votre arrivée dans cette forêt...

VOUS AVEZ ENCORE TOURNÉ EN ROND !

Allez-vous finir par vous en sortir ? Allez au chapitre 66. Oui oui, au 66...

67

Vous descendez les marches taillées dans le roc. Au pied de l'escalier se trouvent deux tunnels humides et sombres. D'horribles hurlements résonnent. Impossible de savoir d'où proviennent ces cris. Devant vous, un message sur le mur semble vous indiquer le chemin à prendre, si toutefois vous réussissez à le déchiffrer…

Devez-vous prendre le tunnel du chapitre 33 ou celui du chapitre 61? Étudie bien cette image et fais ton choix…

68

Vous filez comme des lièvres dans les dédales du cimetière, croyant avoir pris la bonne route. Devant toi, une paire de mains jaillit du sol et t'attrape la cheville. Tu chutes lourdement. À quelques centimètres de ton nez apparaît un visage blafard. OUAAH ! Tu essaies de te relever, mais tu en es incapable.

Jean-Christophe revient sur ses pas et assène quelques coups de pied au zombie qui ne lâche pas prise. Marjorie intervient et asperge le monstre d'eau bénite. Il se met à fondre comme une chandelle. Tu te relèves et contournes le zombie qui n'est plus qu'une flaque de liquide gluant où nagent des vers et des asticots. Vous suivez, sans réfléchir, les couloirs qui vous guident jusqu'à une impasse où toute la meute de morts-vivants s'est regroupée. Vous arrêtez net, pour revenir sur vos pas, mais la glu lumineuse vous barre la route. VOUS ÊTES CERNÉS !

Marjorie appuie sur la gâchette du pistolet à eau bénite et trace de grands cercles autour de vous comme un arrosoir de jardin, jusqu'à ce que le pistolet soit complètement vide. De nombreux morts-vivants sont exterminés, mais il en arrive d'autres. Et ces autres, cachés sous l'ombre des arbres et des pierres tombales, pourront, tranquillement… DÉGUSTER VOS CERVEAUX JUTEUX !

FAIM

69

Ils te fixent intensément en grognant.

GGGGRRRRR ! GRRRRR !

La bave coule entre leurs longues dents. À côté de toi, Marjorie fait déjà ses prières. Dans un geste de désespoir, tu attrapes un bout de branche.

« Tu ne vas pas te battre avec eux, te chuchote Jean-Christophe. Ils vont te mettre en pièces. »

Ton ami n'a rien compris. Tu fais tourner le bout de bois sous leur nez et tu le lances au loin en criant :

« ALLEZ CHERCHER ! »

Les deux dobermans sortent la langue, branlent la queue et courent vers le bout de bois. Vous partez dans la direction opposée. Les deux chiens reviennent malgré tout quelques secondes plus tard pour déposer à tes pieds… DEUX GRANDS OS !

BEUARK !

Vous prenez avec dégoût les deux os et vous les lancez très, très loin. Encore une fois, vous essayez de les semer, mais à l'extrémité du cimetière, vous arrivez face à face avec eux. Là, ils déposent devant vous… UN COFFRE ET UNE CLÉ !

Allez au chapitre 18.

70

Assis tous les trois sur les scooters, vous analysez le système de câblage à la recherche du bouton de mise en marche. N'appuie pas sur le mauvais… SINON…

Rends-toi au chapitre inscrit sous le bouton que tu auras choisi…

71

SPLOUCH ! et **VABOOUUM !** Tu as désintégré le loup…

Vous quittez tout de suite cet endroit de malheur, car vous n'avez pas l'intention d'attendre que tous ces autres animaux féroces reviennent du pays des morts. Vous parcourez un long et interminable couloir bordé d'innombrables portes. L'une d'elles est solidement barricadée de planches. Juste au-dessus de la porte est peint, à l'envers, cet avertissement : « SORTIE INTERDITE ». Votre curiosité l'emporte sur vos craintes. Vous arrachez les planches et vous entrez.

Dans cette grande salle, tout est à l'envers. Vraiment à l'envers, car le mobilier est… CLOUÉ AU PLAFOND ! Vous cherchez à comprendre. Tu observes, bouche bée, le foyer allumé dans lequel brûlent des bûches de bois. Même les flammes sont inversées et brûlent vers le bas. C'est comme si la force d'attraction terrestre était inversée. Tu demandes des explications à Jean-Christophe, mais c'est Marjorie qui te répond. Tu lui précises que tu t'adresses à Jean-Christophe, mais elle te dit que c'est elle, Jean-Christophe.

Jean-Christophe se tourne vers toi et te dit :

« Je suis Marjorie… »

Tourne ton Passepeur à l'envers, OUI ! à l'envers, et rends-toi au chapitre 29.

72

Vous écoutez religieusement. Le zombie fait quelques pas dans la pièce, puis plus rien, silence total. Tu sors la tête et remarques qu'il est disparu par un passage secret.

Vous fouillez de fond en comble le mausolée. Rien, pas de passage secret. Vous fixez tous les trois les cercueils, tu tournes la tête de gauche à droite en signe de négation, car il ne faut pas faire ça. Il ne faut pas profaner des sépultures ; cela pourrait vous coûter cher. Mais Marjorie en a déjà ouvert un. Tu t'approches et regardes. Pas de passage, juste un squelette sec. Par respect, vous refermez le couvercle.

« Il y en a des dizaines, fais-tu remarquer à tes amis. On ne va pas tous les ouvrir… »

Jean-Christophe se gratte la tête et s'approche d'un cercueil situé juste au milieu de la salle. Celui-là est différent des autres : il est très grand et, en plus, il n'est pas en bois d'acajou, mais en pierres de granit. Le couvercle est lourd ; vous devez conjuguer vos forces pour l'ouvrir. À l'intérieur, BINGO ! un escalier…

… qui conduit au chapitre 67.

73

Tu t'approches d'une première stèle et tu souffles la poussière qui cachait les lettres gravées dans le beau marbre rose pour y lire cette triste épitaphe : « Ci-gît Anatoline Dratom. Morte en 1986, happée par une voiture. » Marjorie pousse les toiles d'araignée sur une autre…

« Ici, j'ai Romuald Dratom, te dit-elle. Pauvre lui, il est mort écrabouillé par un camion en 1954. Ce qui reste de lui se trouve derrière cette stèle funéraire. J'voudrais pas voir cela…

— Ici, il y a Pierre Dratom et Robi Dratom, te rapporte Jean-Christophe. Ils ont été frappés par une voiture, eux aussi… »

Vous regardez rapidement autour de vous. Il semblerait que tous les membres de cette famille soient décédés de mort violente. Plus précisément… LORS D'ACCIDENTS DE LA ROUTE !

« C'est comme si une malédiction avait décimé toute la famille, dis-tu, l'air songeur. Quel destin cruel…

— Le tout premier des Dratom est arrivé à Sombreville en 1813, explique Jean-Christophe. Il faut trouver son cercueil. Il ne peut pas être mort d'un accident de voiture, puisque les autos n'existaient même pas dans ce temps-là. »

Vous fouillez le mausolée afin de trouver la tombe de Gor Dratom au chapitre 27.

74

Un bruit inquiétant survient. **CLIRC ! CLIRC ! CLIRC !** Sous vos pieds, les marches disparaissent et font place à une chute. Vous glissez et vous atterrissez lourdement sur le sol terreux d'une très ancienne crypte oubliée. Cet endroit ne présage rien de bon, car vous êtes entourés de sépultures béantes, et qui dit cercueils ouverts dit cadavres ressuscités...

Une peur indescriptible s'empare de toi. Vous progressez discrètement dans des réseaux de couloirs humides et sombres. Par terre, vous apercevez une des espadrilles de Marjorie. Puis, un cri d'horreur retentit et glace ton sang...

« MARJORIE ! » hurle Jean-Christophe.

Au pas de course, vous parvenez à atteindre une grande salle dans laquelle maintes silhouettes drapées de noir sont prosternées. Marjorie est là, attachée sur un grand bloc de pierre ; elle va être offerte en sacrifice à un dieu...

Armé du pistolet, le grand prêtre rouge s'approche d'elle et l'asperge d'eau. Les jolis yeux verts de Marjorie tournent au blanc, et sa peau devient verdâtre... COMME UN ZOMBIE !

Allez, Jean-Christophe et toi, au chapitre 96.

75

En catimini, vous essayez tant bien que mal de suivre les traces de cet être sans corps dans le sol très humide. Est-ce un homme invisible ou un spectre monstrueux ?

Au beau milieu du cimetière, les traces s'arrêtent. Vous avez deviné que cet être se doute qu'il est suivi. Accroupis derrière un bosquet, vous ne bougez pas un muscle, car lui, il a un avantage sur vous… IL PEUT TRÈS BIEN VOUS VOIR !

Vous restez immobiles comme ça de longues minutes. Quelque chose t'attrape tout à coup la cheville. C'EST LUI ! Il enroule ses longs doigts transparents autour de ta jambe. Tu essaies de hurler, mais pas un seul son ne sort de ta bouche. Marjorie et Jean-Christophe essaient de te retenir, mais rien à faire, cette chose te tire hors de ta cachette et te traîne jusqu'à l'entrée. Là, elle te pousse à l'extérieur de l'enceinte du cimetière. Debout près de la grille, tu entends les cris de tes amis, qui sont tour à tour carrément foutus dehors.

Devant vous, la lourde grille du cimetière se referme bruyamment. **BLANG !**

Désemparés, vous cherchez tous les trois à comprendre.

Allez au chapitre 80.

76

« 1, 2, 3, 4, mon petit monstre a mal aux verrues, chantes-tu en pointant tour à tour les bouteilles. Tirons-lui les trois bras, il ira bien mieux… »

Tu saisis la bouteille du milieu. Sur elle, il est écrit « NON ». C'est clair comme de la bave verte de cyclope, mais tu n'es pas capable de lire la langue des sorcières. Vous retournez auprès du monstre, qui ingurgite le tout d'un seul trait. Vous vous éloignez. La réaction ne tarde pas à venir. Le monstre émet quelques grognements et puis **PROOUUUUUT !** un gros nuage putride se forme autour de lui.

« Il a pété », constate Marjorie en souriant.

L'odeur est tout simplement abominable. Vous vous pincez le nez et cherchez vite la sortie. Le nuage vert court rapidement dans toutes les branches creuses du grand chêne, qui se met à frissonner. Ses branches se mettent ensuite à grincer et à gémir. Il va s'écraser sur le sol, et vous serez écrabouillés sous des tonnes de bois et d'écorce.

Le grand chêne penche d'un côté puis de l'autre. Vous essayez de garder votre équilibre en vous accrochant aux parois. Il penche ensuite vers l'avant et, dans un craquement à vous défoncer les tympans **CRAAAAAC !** il se brise en deux et **BRAOOOUUUUM !**

FIN

77

Cachés tous les trois dans une fissure sombre de l'arbre, vous regardez, immobiles, passer devant vous la meute frétillante de bouquins dangereux. Tu laisses échapper un soupir de soulagement lorsque leurs grognements s'estompent au fur et à mesure qu'ils s'éloignent.

Vous sortez de votre abri et arrivez face à face avec un petit livre retardataire tout blanc qui rampe sur le sol. Vous vous emparez de lui avant qu'il ne donne l'alerte. Vous le menacez avec votre pistolet d'eau bénite jusqu'à ce qu'il fasse apparaître son titre, l'illustration sur la couverture et les textes sur chacune de ses pages.

Tu remarques tout de suite qu'il s'agit… D'UN PASSEPEUR !

C'est le numéro 14, *Scooter terreur*. Votre aventure n'est même pas terminée, et il est déjà écrit. C'est de la sorcellerie ! Vous l'ouvrez et découvrez que, pour terminer cette aventure, il faut que vous empruntiez le chemin conduisant… AU MAUSOLÉE !

Tu refermes le livre pour le mettre dans ta poche ; il t'échappe des mains et s'envole, comme tous les Passepeur.

Armés de ce précieux renseignement, vous retournez au chapitre 4.

78

Tu décroches la clé du clou rouillé et découvres qu'un long fil est attaché à elle. Tu n'oses pas tirer. Le fil disparaît dans un trou pratiqué dans le mur et relie cette clé à un mécanisme qui se trouve de l'autre côté.

Sous tes pieds, tu remarques les contours d'une trappe.

« AH ! AH ! » fais-tu en montrant le piège à tes amis.

Rusé, tu écartes les jambes de chaque côté de l'ouverture et tu tires sur la clé.

CLIC ! CLIC ! CLIC ! CHLAC !

La trappe s'ouvre sur une fosse creuse au fond de laquelle reposent sur de longs pics meurtriers les restes des squelettes d'aventuriers beaucoup moins futés que toi.

Tu souris à tes amis et tu glisses la clé dans le trou de la serrure. Immédiatement, un très fort courant électrique passe de la clé… À TA MAIN !

BZZZZZZZZZZZZZZZ !

Je sais que cela va faire comme un CHOC pour toi, mais malheureusement, ton aventure est arrivée à sa…

FIN

79

1 h 15 du matin, vous vous rendez tous les quatre à travers les rues désertes de Sombreville, jusqu'à l'hôpital. Vous jetez un œil à l'entrée. Personne, ça tombe bien. Le garde de sécurité est parti faire sa tournée. À l'intérieur, vous progressez silencieusement dans les longs corridors en suivant les panneaux indicateurs jusqu'à la salle des rayons X.

Tu regardes par la fenêtre de la porte : la salle est vide. Vous entrez…

Le squelette se couche sur la grande table de métal froid sous l'étrange appareil, sans que tu le lui demandes.

« Alors, s'impatiente Marjorie, tu vas finir par nous le dire c'est quoi ton plan ?

— Cette étrange machine est très spéciale, leur expliques-tu. Vous voyez ces deux gros boutons ? Le premier, où est inscrite la lettre X, permet aux médecins et aux chirurgiens de voir directement à l'intérieur d'un corps, sans avoir besoin de radiographie. Le deuxième, sur lequel est inscrite la lettre Z, est celui qui nous intéresse. Il fait l'inverse. Il va recréer, d'une façon virtuelle, le corps autour de ce squelette. Pendant quelques minutes… NOUS POURRONS LUI PARLER…

Appuie sur le bouton et rends-toi au chapitre 31.

80

Quelques secondes plus tard, tout redevient silencieux. Les deux mains sur les barreaux, vous examinez avec attention le cimetière. Croyez-vous que la voie est libre maintenant ?

Regarde bien cette illustration. Si tu penses que cette créature invisible est toujours là, va au chapitre 83. Si, par contre, tu as la certitude qu'elle n'est plus dans les parages, rends-toi au chapitre 37.

81

Le jet d'eau bénite arrive en plein visage de la gargouille, qui explose en projetant de la glu partout.

POOOUUUFAAARK !

« ÇA MARCHE ! » hurles-tu.

Tu te retournes vite et tu pointes ton super pistolet afin de pulvériser l'autre. Mais par crainte qu'il lui arrive la même chose, elle a fait demi-tour et maintenant elle disparaît dans la nuit. Elle va te foutre la paix, celle-là, c'est certain.

Tes amis se tiennent dans l'embrasure des portes du mausolée, qui ont fini par céder sous l'assaut répété du costaud Jean-Christophe. Tu cours vers eux, et vous entrez.

« Dratom ! lit Marjorie en grosses lettres sur le plancher. Qu'est-ce que ça veut dire : Dratom ?

— C'est le mausolée des Dratom, vous explique Jean-Christophe. Les Dratom étaient l'une des plus vieilles familles de Sombreville. Ils faisaient la pluie et le beau temps à l'époque. Surtout la pluie, selon ce que j'ai entendu dire. Des gens vraiment détestables, il paraîtrait. Le dernier descendant des Dratom est mort en 1998, je crois. »

Tourne les pages de ton livre jusqu'au chapitre 73.

82

Près de l'entrée, il y a une rangée de distributrices de bonbons. La première contient des yeux de toutes les tailles qui te regardent. Brrr ! Ça te donne la chair de poule. La deuxième est pleine de sable. Tu t'approches et remarques que des grosses fourmis de couleur orange y ont creusé leur nid. POUAH ! La troisième est remplie de boules de gomme multicolores. Là, c'est OK !

Tu glisses une pièce de monnaie dans la fente et tu tournes la poignée.

CHLIC ! CHLIC ! CLOC !

Une boule verte tombe dans le petit réceptacle et se brise, libérant une espèce de grosse guêpe mutante qui fonce sur toi toutes ailes battantes.

Tu arraches des mains de Marjorie ton super pistolet à eau bénite et tu appuies sur la gâchette en suivant la trajectoire virevoltante du gros insecte. Vas-tu réussir à l'atteindre ? Pour le savoir…

… TOURNE LES PAGES DU DESTIN.

Si tu réussis à l'atteindre, va au chapitre 43.
Si, par contre, tu as mal visé, rends-toi au chapitre 90.

83

Oh ! Que tu as bien fait de manger tes carottes tous les jours, car ta vision parfaite t'a permis de percevoir les contours flous de cette créature invisible. Vous faites le tour d'un pâté de maisons pour déjouer celle-ci qui surveille toujours.

De retour devant la grille du cimetière, tu mets encore une fois à profit tes bons yeux et vois très bien que la créature n'est plus là. Elle est tombée dans le panneau. Elle a cru que vous retourniez chacun chez vous.

Vous ouvrez la grille en prenant bien soin qu'elle ne grince pas sur ses gonds rouillés. Vous contournez les pierres tombales et les fosses jusqu'à un gros arbre plein de champignons, tombé depuis très longtemps. Marjorie saute par-dessus. En atterrissant de l'autre côté, elle fait basculer une grosse roche dans une fosse ouverte de laquelle proviennent des petits cris étouffés. Vous vous éloignez au plus vite. Pendant que, devant tes amis, tu joues au radar en scrutant le cimetière à la recherche de la créature invisible, deux gros dobermans enragés surgissent de chaque côté de vous. C'est lorsqu'on cherche quelque chose avec minutie que l'on ne voit pas ce qui saute aux yeux…

Allez au chapitre 69.

Boudeur, Jean-Christophe te suit en donnant de temps à autre des coups de pied sur des cailloux. Tu essaies de lui faire comprendre que, une de ces nuits, sa soif d'aventure va lui coûter cher. Mais il t'ignore et regarde ailleurs.

Tu poursuis, mal à l'aise, l'exploration de l'enceinte du cimetière. Vous arrivez devant une petite cabane de bois aux murs lépreux. C'est sans doute l'endroit où le fossoyeur entrepose ses pelles et ses pics pour creuser les fosses. Tu colles ton visage à la vitre sale de la fenêtre. À l'intérieur, c'est la noirceur absolue. Tu poses ton index sur les lèvres pour signifier à tes amis de ne pas faire de bruit, car… TU ENTENDS RESPIRER !

Tu fouilles des yeux la noirceur ; la porte s'ouvre avec un grand fracas. **BRAOUMM !** Un vieil homme surgit en brandissant un crucifix sous vos yeux.

« ARRIÈRE, IDIOTS DE VAMPIRES ! hurle-t-il en fonçant sur toi. Vous n'aurez pas une seule goutte de mon sang. J'en ai besoin encore pour quelques années… »

Retournez en courant au chapitre 4 avant que ce fossoyeur fou ne vous transperce le cœur… AVEC SON PIEU ET SON MARTEAU !

85

Vous tirez et vous tirez, mais rien à faire. Il faudrait lui faire boire une potion qui fait rétrécir pour le sortir de là. Cet arbre géant possède une multitude de branches qui partent dans toutes les directions. Au bout de l'une d'elles, il y a peut-être une cuisine ou un genre de laboratoire dans lequel vous pourriez trouver toutes sortes d'élixirs ou de philtres de sorcière aux pouvoirs extraordinaires.

Vous revenez jusqu'à l'escalier où se trouve le carrefour de branches creuses. Vous empruntez celle où règne une fumée âcre. Il y a quelque chose qui cuit à l'autre bout, c'est certain. Le long passage en bois débouche, comme vous l'espériez, sur une petite pièce. Dans une marmite placée sur un petit feu bouillonne un étrange liquide rose. Il y a ici plein de trucs intéressants : des objets magiques aux formes bizarres, des herbes et des feuilles d'arbre médicinales ainsi que des fioles remplies de liquide coloré.

Cuisine ou laboratoire ? C'est difficile à dire. En tout cas, ici, on peut pratiquer toutes sortes d'expériences de magie blanche, rouge… ET NOIRE ! Tu voudrais bien fouiller l'endroit de fond en comble, mais vous devez aider l'ours-garou.

Allez au chapitre 20.

86

Soudain, le livre frissonne dans tes mains, et des crocs poussent entre les deux couvertures. Tu le laisses tomber par terre. Partout autour de vous, des dizaines de gros bouquins se mettent à bouger dans un grondement terrible. **BBRRRRRRRRRRRR !**

Ils glissent de leurs étagères… ET SE JETTENT SUR VOUS !

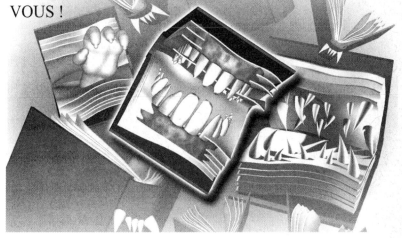

Vont-ils réussir à vous attraper ? Pour le savoir…

… TOURNE LES PAGES DU DESTIN.

S'ils vous attrapent, allez au chapitre 44 et attendez-vous au pire.

Si vous réussissez à les semer, courez vers le chapitre 77.

87

Ta curiosité l'emporte sur tes craintes, et tes doigts se referment sur l'objet. Tu lèves la main et tu l'ouvres pour découvrir qu'il ne s'agit en fait que d'une grosse bille sale.

OUF !

« Qu'est-ce que c'est ? Qu'est-ce que c'est ? » te demande deux fois Marjorie, curieuse.

Tu te tournes vers elle, en souriant diaboliquement.

« C'EST UN ŒIL HUMAIN ! » lui cries-tu en promenant l'objet sous son nez. BOOOUUUUAAAH !

Marjorie sursaute et tombe à la renverse sur le sol vaseux.

« Ce n'est qu'une bille, lui montres-tu alors qu'elle se relève, le visage épouvanté. Je t'ai bien eue.

— PAS GÉNIAL ! rugit-elle. Pas génial du tout. Tu crois que c'est le temps de déconner ?

— J'ai fait cela pour détendre l'atmosphère, essaies-tu de lui expliquer.

— Moi aussi, je peux détendre l'atmosphère, comme tu dis, lance-t-elle en pointant le super pistolet à eau bénite dans ta direction.

— Tu n'oserais pas », la défies-tu.

PSSSSSSSSSSSSS !

Va au chapitre 30.

88

Vous appuyez tous les trois sur le bouton en forme de chauve-souris, et vos scooters terrifiants démarrent. **VRROOOUUUMM !** OUAIS !

Marjorie est très nerveuse. C'est normal, car jusqu'ici elle n'a conduit qu'une trottinette et un vélo de montagne. Tu la rassures en lui disant que ces scooters... SE CONDUISENT TOUT SEULS ! Mais tu ne crois pas si bien dire, car le moteur de vos trois scooters s'emballe, et vous êtes entraînés contre votre gré dans le sinueux sentier.

Tu essaies d'appuyer sur les freins : rien à faire. De toutes tes forces, tu tentes de tourner le guidon, mais le scooter ne répond pas. Tu dois avoir appuyé sur le mauvais bouton…

Tu voudrais bien t'éjecter, mais tu te briserais la nuque sur un des gros arbres qui défilent rapidement chaque côté de toi. Résignés à votre triste sort, vous faites du motocross comme ça pendant des heures, jusqu'à ce que les scooters aient épuisé toute l'essence que leur réservoir contenait. Finalement, ils s'arrêtent. Tu enjambes la selle. Ton derrière te fait terriblement mal. Autour de vous, il n'y a que la forêt… BEAUCOUP DE FORÊT !

Vous marchez jusqu'au chapitre 66.

« Une grosse tête de mort, une spirale et une petite tête de mort, remarques-tu sur l'étiquette de la troisième bouteille. Ça ne peut être que celle-là. »

Tout ce qui reste à faire maintenant, c'est réussir à faire boire cette bouteille à l'ours-garou. Vous retournez auprès de lui. Comprimé dans le passage, il pleurniche toujours comme un bébé… MONSTRE !

Il ouvre grande sa gueule dentée, et tu vides le tout entre ses grosses babines. Tout de suite, le monstre se met à frissonner. Ensuite, il émet un terrible rugissement GROOOOOUUUUUU ! et, sous vos yeux écarquillés, il se transforme en un inoffensif petit écureuil qui, soulagé, déguerpit aussitôt par un trou dans l'arbre. Difficile à croire : les ours-garous qui rôdent dans les bois sont en fait des écureuils qui se métamorphosent les nuits de pleine lune…

La voie est libre. Tu jettes la bouteille vide, et vous avancez vers la bibliothèque. Tout au bout de la branche creuse, vous vous retrouvez entourés de centaines de livres anciens placés méthodiquement dans des étagères sculptées à même l'arbre. Les livres sont placés par ordre alphabétique inversé, de Z à A.

Pourquoi ? Allez au chapitre 19.

90

MAL VISÉ !

La guêpe mutante arrive avec son dard empoisonné. Tu fais, juste au dernier moment, un plongeon spectaculaire pour t'écarter. Elle zigzague dans les airs et revient à la charge. Tu réussis une seconde fois à l'éviter en rampant comme un serpent. Marjorie et Jean-Christophe essaient de reculer et, ce faisant, ils font tomber par terre toutes les distributrices, qui se vident de leur contenu. Des dizaines d'œufs se brisent sous le choc, libérant ainsi d'autres guêpes. L'épicerie se remplit vite d'un essaim de ces vilaines bestioles.

Tu avances comme ça, sur le ventre en direction de la sortie. Juste à un mètre de la porte, tu arrives face à face avec la colonie de grosses fourmis orange. Elles font claquer sous ton nez leurs mandibules tranchantes.

Pas question que les Téméraires perdent une bagarre contre de vulgaires bestioles. IL TE FAUT DE L'INSECTICIDE ! Tu roules sur le côté et attrapes au hasard une canette aérosol. Tu appuies sur le vaporisateur, et un nuage blanc se forme devant toi. Le nuage se met à rire de façon diabolique. HA ! HA ! HAA !

DES FANTÔMES EN AÉROSOL ! Il y a de tout dans cette épicerie…

FIN

91

Tu te dis que, dans quelques minutes, tout sera terminé pour toi, car tu vas finir par manquer d'air. Mais il n'en est rien. Les heures passent, et tu es toujours là. Plus tard, tu te mets à gratter et gratter le couvercle du cercueil qui a fini par pourrir avec le temps. Ensuite, tu réussis, en creusant la terre humide, à atteindre la surface du cimetière.

Debout devant ta fosse, une pierre tombale… PORTE TON NOM ! C'est une très mauvaise nouvelle, ça. Tu remarques juste là que tu as la peau horriblement blanche. Tout près, devant un petit monument portant le nom de Marjorie, une main verdâtre pousse la terre et apparaît… C'EST ELLE ! Vous creusez tous les deux la fosse voisine pour sortir Jean-Christophe des ténèbres.

Le lendemain, à l'école, personne ne se doute que vous êtes devenus… DES ZOMBIES ! Même que vous avez réussi à berner le directeur, qui croit que ce teint pâle que vous arborez n'est en fait qu'une autre mode qu'il ne comprend pas, d'ailleurs. Tout est parfait, ouais ! Mais il y a juste une petite chose : si tu pouvais te débarrasser de cet incontrôlable désir que tu as de vouloir croquer le cerveau qui flotte dans l'alcool dans le labo de bio, là, ça serait… VRAIMENT PARFAIT !

FIN

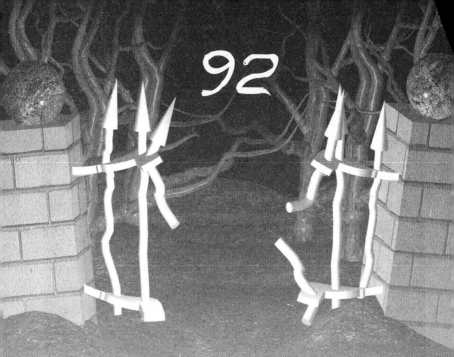

92

Pour connaître le résultat du vote, ferme ton Passepeur et dépose-le dans ta main, bien à plat. À l'endroit ou à l'envers, comme tu veux…

Si la couverture de ton livre se soulève, ne serait-ce que de quelques millimètres, alors Marjorie a aussi levé la main. Tu as donc perdu. Tu dois suivre tes amis dans le sentier au chapitre 103.

Si, heureusement pour toi, la couverture de ton Passepeur ne bouge pas, Marjorie n'a pas levé la main. Donc, tu gagnes, et il n'est pas question d'emprunter ce dangereux sentier. Dans ce cas, va au chapitre 84.

93

Tu prends la clé à la forme de tête de démon. Elle s'insère parfaitement dans le trou de la serrure. Avec confiance, tu la tournes vers la gauche, et **CLIC !** la porte s'ouvre toute grande.

Immédiatement, un fort vent brûlant vous force à entrer, et des mains invisibles referment la porte bruyamment. **BLAM !** Autour de vous, tout est rouge à cause des flammes.

Il fait super chaud ! Est-ce la boutique qui brûle ? Non ! Vous découvrez bouche bée qu'une petite maquette d'épicerie a été placée derrière la porte de façon malveillante pour attirer et berner ceux qui oseraient épier par le trou de serrure.

Sur terre, il y a treize portes cachées qui s'ouvrent sur l'enfer. ATTENTION ! Ce qui peut vous sembler n'être qu'un simple club vidéo ou une école normale peut se révéler être pour vous, une fois le seuil franchi... LE GOUFFRE DES SOUFFRANCES ÉTERNELLES !

Les Téméraires ont découvert une de ces portes... IL EN RESTE ENCORE DOUZE !

SOYEZ SUR VOS GARDES...

FIN

94

« Euh, oui, oui, m'sieur ! lui dis-tu. Si ça peut vous rendre service.

— En retour, je vous offre une réponse, vous propose-t-il fièrement. Une réponse à n'importe quelle question, celle que vous voulez. Je ne suis peut-être qu'un vieux vieillard vieillissant, mais j'ai réponse à tout. »

Vous acceptez, car il y a des tas de questions qui te travaillent l'esprit. Le vieil homme te remet quelques pièces de monnaie toutes sales ainsi qu'une petite liste toute aussi crottée. Vous descendez tout de suite l'escalier du tronc de l'arbre jusqu'à la troisième racine. Une lourde porte verrouillée vous bloque l'entrée.

Vous examinez la serrure et vous allez au chapitre 14.

95

Vous arrivez dans une immense grotte toute rouge. Au centre, un long pont suspendu traverse un gouffre rempli de lave bouillonnante. De l'autre côté, il y a une majestueuse porte bordée de colonnes sculptées. Où conduit-elle ?

Un mort-vivant essaie de traverser le pont. Il se met à tituber lorsqu'une planche pourrie cède. **CRAC !** Il essaie de retrouver son équilibre, mais une seconde planche se brise. **CRAAAAC !** Il tombe et plonge dans la lave chaude. **PLOURB !** Le mort-vivant s'enflamme et disparaît dans un gros bouillon. Voilà pourquoi cette fumée sent le cadavre brûlé. Il ne doit pas être le seul à avoir essayé de traverser le pont.

Votre progression pourrait se révéler plutôt dangereuse si vous tombez, mais la porte qui se trouve de l'autre côté possède une force d'attraction irrésistible qui vous attire comme un aimant le fait pour le fer. Vous évaluez la situation, car, si vous tombez, il n'est pas question de rejoindre l'autre rive... À LA NAGE !

Vous décidez tous les trois de… TENTER LE DIABLE !

Le pont suspendu se trouve au chapitre 48, allez-y…

96

Tu comprends qu'il a vidé l'eau bénite de ton super pistolet pour la remplacer par de… L'EAU BÉNITE PAR LE DIABLE !

Elle est devenue une des leurs, une morte-vivante. Mais ce n'est pas une raison pour l'abandonner ici. Tu t'élances avec fureur vers l'hôtel pour la délivrer. Jean-Christophe protège ta manœuvre en lançant des cailloux sur la tête du grand prêtre. Tu réussis à détacher Marjorie, et vous vous enfuyez tous les trois. BON TRAVAIL D'ÉQUIPE !

De retour au pied de l'escalier, vous époussetez quelques pierres et découvrez un bouton qui fait réapparaître les marches vous ramenant hors de cette crypte et ensuite jusqu'à la demeure de tes amis…

Le lendemain matin, pour ne pas éveiller les soupçons, vous vous rendez tous les trois à l'école en ayant bien pris soin de faire porter des verres fumés à Marjorie afin de cacher ses yeux sans pupilles. Dans la cour d'école, tu te croises les doigts et espères que vous passerez inaperçus. Peine perdue ! Tout le monde se réunit autour de vous. À ta grande surprise, ils trouvent *cool* le nouveau look de Marjorie : les lunettes de soleil, la peau verte et ces vêtements noirs, c'est très *HOT* ! Tellement *hot* que tous les jeunes de l'école… ONT ADOPTÉ SON STYLE !

FIN

97

Ton super pistolet braqué devant toi, tu avances vers la tour. Tes deux amis suivent derrière. Un des squelettes vient de vous apercevoir. Il tourne le guidon de son scooter dans ta direction. À bien y penser, tu voudrais bien te trouver ailleurs, mais là, il est trop tard… IL ARRIVE À TOUTE VITESSE !

Tu fermes les yeux et tu appuies sur la détente. PSSSSSSSSSSS ! Le jet d'eau bénite atteint de plein fouet le scooter, qui explose, répandant ainsi les os du squelette partout. Marjorie reçoit un tibia sur la tête.

« AÏE ! »

Avertis de votre présence par la détonation, les autres squelettes arrivent comme des boulets et vous encerclent. VROOOUUUUUM ! VROOOUUMM !

Tu en détruis un deuxième et un troisième. Ils sont trop nombreux: tu vas finir par manquer de jus. Il faut que tu te gardes des munitions pour Gor. Un scooter s'amène en plein sur toi. Tu te jettes par terre juste avant d'être transpercé par ses immenses dents. Le squelette perd la maîtrise de son bolide et va s'écraser sur un arbre.

Les trois derniers ont réussi à cerner Marjorie et Jean-Christophe, et sont sur le point de les écrabouiller…

Va vite au chapitre 35.

98

Vous réussissez à l'ouvrir. Vous n'êtes pas du tout étonnés de voir qu'il n'y a pas de cadavre dans le cercueil, mais plutôt un escalier sombre traversé de toiles d'araignée.

Une odeur d'essence parvient à vos narines et confirme que vous êtes sur la bonne voie. Vous enjambez le cercueil et vous empruntez l'escalier. À mi-chemin, ton flambeau s'éteint, sans raison apparente, et vous vous retrouvez dans le noir. Vous devez faire le reste du chemin dans la noirceur totale. En bas, au pied de l'escalier, tu as beau attendre, immobile, que tes yeux s'adaptent, mais tu ne vois absolument rien, il fait vraiment trop noir. Tu cherches à tâtons l'interrupteur, car c'est certain qu'il y en a un. Vas-tu réussir à le trouver ?

Pour le savoir, tu dois, pour commencer, fermer ton Passepeur et tes yeux.

Maintenant, si tu réussis, en tâtonnant ton livre, à trouver le mot Passepeur écrit en grosses lettres sur la couverture, eh bien, tu as réussi à trouver l'interrupteur sur le mur, alors allume la lumière au chapitre 24.

Si, par contre, tu ne le trouves pas, c'est malheureusement au chapitre 106 que tu dois aller.

99

Jean-Christophe s'engage dans le sentier. Tu l'arrêtes…

« EH ! OH ! STOP ! fais-tu sèchement. Je ne la sens pas, cette forêt, elle ne me dit rien qui vaille. Et puis, ces traces de pas, tu les as vues ?

— OUAIS ! Et puis après ? fait-il…

— Je ne sais pas pour toi, mais en ce qui me concerne, plus de cinq orteils, pour moi, ça signifie DANGER ! essaies-tu de lui expliquer. Je crois que nous devrions voter pour savoir si nous allons passer par là…

— VOTER ! Non, mais qu'est-ce que c'est que cette blague ? demande Marjorie. Nous n'avons jamais voté auparavant. Et pas une seule fois les Téméraires ont reculé devant l'inconnu…

— Eh bien ! Dorénavant, devant un grand danger probable, nous allons voter, lui fais-tu comprendre. Qui vote pour que nous empruntions le sentier dans le bois ? »

Comme tu t'y attendais, Jean-Christophe lève la main. Il reste Marjorie. Si elle lève aussi la main… tu auras perdu et tu devras les suivre sur ce… LUGUBRE ET DANGEREUX SENTIER !

Rends-toi au chapitre 92.

100

Mais tu n'as pas le temps de lever un pied qu'une des gargouilles bat frénétiquement des ailes et se lance sur toi. À la dernière seconde, tu te jettes par terre pour éviter d'être touché par ses crocs meurtriers. Tes deux amis courent vers l'entrée du mausolée. Lorsque tu te relèves pour faire de même, la deuxième gargouille saute de la corniche et atterrit juste devant toi et te barre la route. Derrière, l'autre a fait demi-tour et revient à la charge.

FLAP ! FLAP ! FLAP !

Que vas-tu faire… TU ES TOMBÉ DANS UNE SOURICIÈRE !

Tes amis arrivent finalement à l'entrée du mausolée, mais se butent à des portes verrouillées. Jean-Christophe essaie désespérément de les enfoncer avec l'épaule. Marjorie ne sait plus quoi faire. Elle réfléchit un peu, puis finit par te lancer le super pistolet. Tu l'attrapes, tu mets en joue la gargouille et tu appuies sur la détente. Vas-tu réussir à l'atteindre ? Pour le savoir…

… TOURNE LES PAGES DU DESTIN et vise bien.

Si tu réussis à l'atteindre de plein fouet, va au chapitre 81.
Par contre, si tu l'as ratée, va au chapitre 51.

IOI

RATÉ ! Tu essaies d'appuyer une seconde fois sur la détente, mais le pistolet s'est enrayé. Derrière, d'autres loups quittent leur socle à roulettes et reprennent lentement vie. Vous vous écartez d'eux, mais d'autres bruits de paille surviennent, et trois corbeaux s'envolent de la cheminée. Tu t'écartes de leur trajectoire, car ils fonçaient sur toi avec leurs grands becs ouverts et tranchants comme des lames de rasoir.

La tête d'un énorme ours noir se tourne vers toi, et sa gueule toute dentée te crache un gémissement presque humain. **GARODRATOM !**

Vient-il de te parler ? Voulait-il vous prévenir de quelque chose ?

La meute de loups contourne un tigre et un lion qui eux aussi se réveillent d'un long sommeil au pays des morts… Vous sautez tous les trois sur les socles des loups pour les utiliser comme planches à roulettes. Vous foncez vers la sortie et vous réussissez à atteindre le grand hall du château… De l'autre côté de deux grandes portes bordées de vieilles armures rouillées qui soutiennent des haches… C'EST LA SORTIE ! Au moment où vous franchissez le seuil de la porte **CHLING ! CHLING !** les haches se rabattent sur vous. Votre aventure vient d'être coupée… RAIDE !

FIN

102

De l'autre côté du pont, vous contemplez la lave bouillonnante dans laquelle vous avez failli tomber et griller comme des saucisses. Vous poussez de toutes vos forces la lourde porte qui grince sur ses gonds.

CRIIIIIIIIIIII !

Vous découvrez, derrière elle, le soubassement d'un très vieux château maintenant abandonné. Il n'y a qu'un château à Sombreville, et c'est celui des Dratom. Il vous suffit de sortir de cet endroit, et vous serez de retour chez vous en moins de deux. Mais pour toi, tout cela a l'air… TROP FACILE !

Vous escaladez un escalier sombre qui monte en colimaçon. Tu voudrais te diriger en t'aidant des murs, mais ils sont humides et même gluants, BOUARK !

Devant vous, un éboulis bloque l'escalier. Jean-Christophe parvient à le dégager assez rapidement. La voie est libre. Tout en haut de l'escalier, vous arrivez enfin à une pièce. Dehors, la lune brille. Tu sens tout à coup comme une présence, du genre monstres pas gentils… Autour de vous, tu découvres de grandes silhouettes dans le noir.

Au chapitre 107… VITE !

103

Tu essaies de convaincre tes amis de ne pas suivre ce sentier en leur bredouillant quelques explications, mais rien à faire, vous avez voté. Bon joueur, tu les suis à regret. Le sentier débouche sur une clairière illuminée par la lune bleue. Au centre de la clairière niche un petit temple très ancien et oublié. Il est entouré d'une curieuse rivière mauve qui ne cesse de tourner.

Vous empruntez la petite embarcation et, en quelques coups de rame, vous vous retrouvez sur l'autre rive, au chapitre 56.

104

Devant vous apparaît le grand trou noir de la profonde gorge. Vous foncez vers elle. À deux mètres du grand gouffre, vous sautez de vos scooters comme le font les cascadeurs des films d'action. Vos bolides plongent dans le vide. Vous faites quelques tonneaux sur le sol et vous vous agrippez juste à temps au rebord rocheux. Les trois scooters s'écrasent sur les roches et explosent. **BRAOOUM !**

« FIOUUUUU ! » faites-vous, les deux pieds ballants dans le vide.

Au-dessus de votre tête, deux squelettes essaient de mettre les freins, mais il est trop tard. Leurs pneus glissent sur la roche, et ils vont eux aussi s'écraser tout au fond de la gorge. **BRAOOUMMMM !**

Sur la terre ferme, d'autres squelettes en scooter s'amènent. Une vive discussion les anime jusqu'à ce que l'un d'eux élève soudain la voix et leur ordonne de se taire. C'est sans doute le chef de la bande. Il s'approche du rebord du gouffre et regarde les débris enflammés des scooters qui brûlent en bas. Va-t-il vous apercevoir, suspendus là ? Pour le savoir…

*... **TOURNE LES PAGES DU DESTIN.***

S'il vous a vus, allez tout droit au chapitre 25.
Si, au contraire, il ne vous a pas aperçus, allez au chapitre 60.

105

En plus, cette partie du cimetière est un vrai labyrinthe... Comment éviter les morts-vivants et le monstre gluant ?

Observe bien cette illustration du cimetière et ensuite rends-toi au chapitre qui, tu crois, te conduira loin de ces créatures assoiffées de chair humaine, TA chair humaine, en fait...

106

Impossible de trouver l'interrupteur. Vous décidez de remonter pour aller chercher un autre flambeau. Une fois encore, à mi-chemin dans l'escalier, il s'éteint lui aussi. Pas question de lâcher ! Tu retournes en chercher un troisième, et la même chose se produit. Là, ça commence vraiment à te tomber sur le système. Tu vas en chercher un quatrième et un cinquième : même chose. Mais toi, tu as la tête dure. Tu vas jusqu'à retourner chez toi pour aller chercher une lampe de poche avec des piles neuves.

Au milieu de l'escalier, qu'est-ce qui arrive ? La même chose qu'avec les torches… Qu'est-ce que ça veut dire ? C'est comme si rien ne pouvait fonctionner à ce point précis de l'escalier. Tu descends quelques marches et, comme par magie, ta lampe se rallume. Il n'y a qu'un endroit où il peut se produire un tel phénomène, c'est lorsque vous passez le centre exact et précis de la Terre ou plutôt le point mort de la Terre.

« C'est impossible, s'exclame Marjorie, incrédule. Il faudrait descendre des milliers et des milliers de marches sous la croûte terrestre. Nous en avons à peine descendu une vingtaine… »

Allez au chapitre 13.

107

Marjorie tire les rideaux poussiéreux d'une fenêtre pour faire de la lumière. PAS DE PANIQUE ! Ce ne sont que les trophées de chasse des Dratom. Des ours, des loups, des corbeaux ! Enfin, des tas de bestioles bourrées de paille… Ces animaux ont beau être morts, ils te donnent tout de même des frissons dans le dos.

Vous traversez la salle en jetant des coups d'œil ici et là. Pour quitter cette salle, vous devez passer près d'une meute de loups immobiles. Soudain, survient un terrifiant bruit de paille chiffonnée… UN DES LOUPS VIENT DE TOURNER LA TÊTE !

L'animal te fixe méchamment. Ses yeux ne sont en fait que des billes, mais ses dents très pointues sont bien réelles. Il lève une patte, puis une autre. Lentement, il se dégage de son socle. Marjorie, qui portait en bandoulière ton super pistolet, te le remet en tremblant. Vas-tu réussir à l'atteindre ? Pour le savoir…

… TOURNE LES PAGES DU DESTIN et vise bien.

Si tu réussis à l'atteindre, va au chapitre 71.
Par contre, si tu l'as raté, va au chapitre 101.

108

Dehors, Marjorie applaudit la prestation de son frère Jean-Christophe, qui, suspendu à la grande aiguille… A RÉUSSI À STOPPER L'HORLOGE !

« EH BIEN ! ÇA, C'EST LA MEILLEURE ! lui cries-tu d'en bas. Tu peux descendre maintenant, c'est terminé, les scooters démoniaques. Nous n'avons plus rien à craindre de ce côté.

— ET GOR DRATOM AUSSI ? te dit-il d'en haut.

— PFUUIIIT ! DISPARU ! lui réponds-tu. En fait, il s'est transformé en grosse mâchée de gomme d'une saveur que je ne veux point goûter.

— Attends que les journalistes du *Sombreville News* apprennent comment tu t'y es pris pour arrêter l'horloge. Ils vont te poser des tas de questions…

— Ouais ! fait-il, pas trop certain de vouloir répandre la bonne nouvelle. Des tas de questions… SUR MON POIDS ! »

FÉLICITATIONS !
Tu as réussi à terminer…
Scooter terreur.

Nº14 SCOOTER TERREUR

Depuis quelque temps, les habitants de Sombreville se ressemblent tous, car ils ont des poches sous les yeux. Ça fait des lunes qu'ils ne trouvent plus le sommeil, car des scooters montés par de répugnants squelettes sèment la panique dans la ville. Couché sous tes couvertures, tu cherches toi aussi le sommeil, mais minuit arrive et avec lui le vrombissement des moteurs. VRRRRRRRR ! VRRRRRRRRRRR ! C'est une autre nuit de SCOOTER TERREUR qui commence…

UN LIVRE PALPITANT QUI SE JOUE À LA FAÇON D'UN JEU VIDÉO…

Oui, ce livre n'est pas qu'un simple livre… C'EST TON AVENTURE ! Et dans ton aventure, c'est toi qui décides du déroulement de l'histoire. ATTENTION ! Ce livre contient aussi un jeu original qui pourrait transformer ton histoire en vrai cauchemar… LE JEU DES PAGES DU DESTIN !

Il y a 21 façons de finir cette aventure, mais seulement une finale te permet de vraiment terminer… *Scooter terreur.*

LIRA BIEN QUI LIRA LE DERNIER…

Boomerang
Éditeur jeunesse

www.boomerangjeunesse.com
info@boomerangjeunesse.com

VOTRE PASSEPEUR

POUR UN HORRIBLE CAUCHEMAR

UN LIVRE QUI SE JOUE AVEC LES PAGES DU DESTIN

NO 23 **EAU-SECOURS !**

POUR UN HORRIBLE CAUCHEMAR

EAU-SECOURS !

**Texte et illustrations
de
Richard Petit**

Éditeur jeunesse

TOI!

Tu fais maintenant partie de la bande des
TÉMÉRAIRES DE L'HORREUR.

OUI ! Et c'est toi qui as le rôle principal dans ce livre où tu auras bien plus à faire que de tout simplement... LIRE. En effet, tu devras déterminer toi-même le dénouement de l'histoire en choisissant les numéros des chapitres suggérés afin, peut-être, d'éviter de basculer dans des pièges terribles ou de rencontrer des monstres horrifiants.

Aussi, au cours de ton aventure, lorsque tu feras face à certains dangers, tu auras à jouer au jeu des **PAGES DU DESTIN...** Par exemple, si dans ton aventure tu es poursuivi par une espèce de monstre dangereux et qu'il t'est demandé de TOURNER LES PAGES DU DESTIN afin de savoir si ce monstre va t'attraper, la première chose que tu dois tout de suite faire, c'est placer ton doigt tout tremblotant ou un signet à la page où tu es rendu pour ne pas la perdre, car tu auras à y revenir. Ensuite, SANS REGARDER, tu fais glisser ton pouce sur le côté de ton Passepeur en faisant tourner les feuilles rapidement pour finalement t'arrêter AU HASARD sur l'une d'elles.

Maintenant, regarde au bas de la page de droite. Il y a trois pictogrammes. Pour savoir si le monstre t'a attrapé, il n'y en a que deux qui te concernent,

celui de l'espadrille et celui de la main.

Pour le moment, tu ne t'occupes pas des autres. Ils te serviront dans des situations différentes. Je t'explique tout un peu plus loin.

Comme tu as peut-être remarqué, sur une page il y a une espadrille, et sur la suivante, il y a une main, et ainsi de suite, jusqu'à la fin du livre. Si, par chance, en tournant les pages du destin, tu t'arrêtes au hasard sur le pictogramme de l'espadrille, eh bien bravo ! Tu as réussi à t'enfuir. Là, retourne au chapitre où tu étais rendu. Il t'indiquera le numéro de l'autre chapitre où tu dois aller pour fuir le monstre. Si tu es le moindrement malchanceux et que tu t'arrêtes sur le pictogramme de la main, eh bien, le monstre t'a attrapé. Là encore, tu reviens au chapitre où tu étais, mais tu auras par contre à te rendre au chapitre indiqué où tu tomberas entre les griffes du monstre.

Lorsqu'on te demandera de TOURNER LES PAGES DU DESTIN, tu n'utiliseras, selon le cas, que les DEUX pictogrammes qui concernent l'événement. Voici les autres pictogrammes et leur signification.

Pour déterminer si une porte est verrouillée ou non :

 Si tu tombes sur ce pictogramme-ci, cela signifie qu'elle est verrouillée.

 Si tu t'arrêtes sur celui-ci, cela signifie qu'elle est déverrouillée.

S'il y a un monstre qui regarde dans ta direction :

 Ce pictogramme veut dire qu'il t'a vu.

 Celui-ci veut dire qu'il ne t'a pas vu.

En plus, pour te débarrasser des monstres que tu vas rencontrer tout au long de cette aventure, tu pourras utiliser une arme puissante, « LE LANCE-BOUM ».

Cependant, pour atteindre les monstres qui t'attaquent, tu auras à faire preuve d'une grande adresse au jeu des pages du destin. Comment ? C'est simple : regarde dans le bas des pages de gauche. Il y a un monstre et ton lance-boum.

Ce monstre représente toutes les créatures que tu vas rencontrer au cours de ton aventure. Plus tu t'approches du centre du livre, plus l'explosion se rapproche du monstre. Lorsque, justement, dans ton aventure, tu fais face à une créature malfaisante et qu'il t'est demandé d'essayer de l'atteindre avec ton lance-boum pour l'éliminer, il te suffit de tourner rapidement les pages de ton Passepeur en essayant de t'arrêter juste au milieu du livre. Plus tu t'approches du centre du livre, plus l'explosion se rapproche du monstre. Si tu réussis à t'arrêter sur une des cinq pages centrales du livre portant cette image :

eh bien, bravo ! Tu as visé juste et tu as réussi à atteindre de plein fouet la créature qui te cherchait querelle, et de ce fait, à t'en débarrasser. Tu n'as plus qu'à suivre les instructions au chapitre où tu étais selon que tu l'aies touchée ou non.

Ta terrifiante aventure débute au chapitre 1. Et n'oublie pas : une seule finale te permet de terminer... *EAU-SECOURS !*

1

LA GAZETTE DE SOMBREVILLE

LE TRIANGLE DES ÎLES MORTES
FAIT D'AUTRES VICTIMES

Encore une fois, un luxueux paquebot a sombré en mer hier dans la soirée, et comme toujours, sans aucune explication. Les autorités municipales ont interdit le passage à tout navire dans le secteur et ont demandé l'aide du gouvernement. Cette voie maritime qui donne sur le port de Sombreville a toujours été un endroit dangereux pour toute embarcation. Mais, dernièrement, les catastrophes se sont multipliées. En un mois, huit navires ont disparu sous les flots dans ce secteur précis. Quelques minutes seulement avant que le paquebot ne sombre, un survivant de la tragédie a réussi à capter avec son appareil-photo une image saisissante d'une créature mi-homme, mi-poisson…

Allez au chapitre 31.

2

PA-TRACCC ! BOOUUUM ! En plein dans le mille.

Autour de vous tombe une pluie de poils orange et noirs. Tu te relèves et souffles sur le bout du canon du lance-boum comme le faisaient les cow-boys.

Vous vous avancez vers l'ouverture dans le sol. Sous l'arène, vous découvrez un dédale de couloirs, de cellules et de machineries en bois. À l'heure du combat, les cages étaient hissées par ici au moyen de ce monte-charge en bois. On ouvrait alors les trappes, et les fauves, comme ce tigre, enfin ce qui reste de lui, bondissaient sur les gladiateurs.

Vous avancez dans la demi-noirceur en prenant bien soin de ne rien toucher, car quelques-unes de ces machines semblent encore en état de fonctionner…

Dans une cellule, vous apercevez les restes squelettiques de quelques esclaves. Ces pauvres ont été épargnés par les fauves, mais ont tout de même péri, oubliés. Au moment où tu t'apprêtes à poursuivre l'exploration du Colisée… UN CLIQUETIS SE FAIT ENTENDRE !

Vous vous retournez tous les trois au chapitre 52.

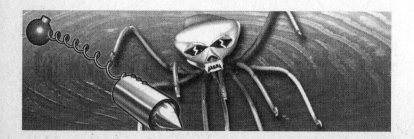

3

Vous passez le seuil de la porte en forme de gros poisson. De l'autre côté, vous vous retrouvez dans une grande salle qui, à première vue, semble vide. Vide, si tu oublies l'eau qui tient étrangement… AU PLAFOND !

Est-ce que la loi de la gravité n'a aucun effet à cette profondeur ? Tu te grattes la tête et observes la surface de l'eau qui, soudainement, est transpercée par un petit fil sur lequel est attaché quelque chose de brillant... UNE PIÈCE DE MONNAIE !

Le fil descend lentement vers vous, et la pièce de monnaie se met à tourner devant toi. Lorsque tu la saisis, tu es brusquement tiré vers le haut de la grotte et vers l'eau.

Tu réussis à prendre une grande inspiration juste avant d'être submergé. Dans l'eau, des silhouettes s'approchent. Tu ne réussis pas à voir très bien de qui il s'agit. Ces silhouettes ressemblent à des hommes, mais elles ont des nageoires et des écailles. Tu y penses maintenant: la monnaie n'était qu'un vulgaire appât. Tu t'es fait prendre comme un poisson idiot…

Ces créatures affamées vont pouvoir se rassasier, car aujourd'hui elles ont fait une très très belle prise…

FIN

4 *Vous nagez longtemps avant de découvrir dans les profondeurs du port une ville sous-marine.*

Observe bien les lieux et rends-toi au chapitre de l'endroit que tu veux explorer.

71

21

55

5

La porte s'ouvre sur un îlot de terre. Cet îlot est entouré d'une vase nauséabonde et grouillante. Ton regard se pose sur un pont frêle. Il n'a vraiment pas l'air très solide.

Tu évalues la situation. Derrière toi, la porte s'est refermée. Traverser le pont fragile pourrait te permettre d'aller vers cette petite construction de paille située au milieu de l'îlot. BON ! Vous risquez peut-être de tomber tous les trois dans ce gruau puant, mais le jeu en vaut peut-être la chandelle…

Des bougies brûlent sur des crânes humains et font danser toutes sortes d'ombres autour de vous. Des bruits de mastication se font entendre et vous forcent à accélérer le pas. Contents de voir que le pont a tenu le coup, vous pénétrez à l'intérieur de la cabane.

Partout, vous découvrez des objets qui servent à la pratique de la magie vaudou. Tiens, comme c'est curieux ! Il y a une poupée qui te ressemble. Tu feuillettes un grimoire et découvres une incantation qui va te ramener au chapitre 4.

Si tu veux t'y rendre, tu dois dire à VOIX HAUTE cette incantation : GARA BOUBA, ITTOU BAM JU !

Si tu ne veux pas faire cela, tu dois rester ici, sur cet îlot, jusqu'à la… **FIN.**

6

Dans les estrades, des centaines de fantômes d'une époque très ancienne ont tous le pouce pointé vers le bas. Ça signifie pour vous… LA MORT !

Les tigres tournent autour de vous. Dos à dos, vous vous regroupez. Le glaive entre tes deux mains, tu attends que le premier tigre attaque pour lui faire une tonte toute spéciale de ses moustaches.

Derrière toi, un tigre bondit vers Marjorie. Vous vous laissez tomber tous les trois sur le sol. L'animal passe juste au-dessus de ta tête. Tu places ton arme au bon endroit et tu lui coupes la queue.

CHLAAAC !

Le tigre se met à miauler comme un gros chat puis disparaît. Tu pointes ton glaive en direction des deux autres qui, à ton grand étonnement, se mettent à reculer. Tu te retournes vers tes amis, fier d'avoir la situation en main. Derrière eux, des dizaines de gladiateurs fantômes armés jusqu'aux dents attendent de se battre… AVEC VOUS !

Dans les estrades, la foule se déchaîne. **YIIIOOUUU !** Les jeux plaisent aux fantômes… MAIS PAS À VOUS !

FIN

En matière d'horreur, il n'y a rien de pire. Vous n'avez jamais vu de créature aussi laide et effroyable. Vous la suivez de très loin, car si ce monstre marin vous apercevait, il pourrait vous rattraper en moins de deux avec toutes ses nageoires.

Lorsqu'il arrive à l'écoutille du sous-marin, le monstre arrête de nager et s'immobilise. Une horrible pensée te vient à l'esprit. Et s'il avait senti votre présence ? Vous décidez de ne prendre aucun risque. Vous allez vous cacher dans la carcasse de la voiture gisant au fond. Lorsque tu t'assoies, un nuage de poussière se lève. Tes deux amis, eux, prennent place à l'arrière. Sur ton épaule gauche, quelque chose vient de se poser, doucement…

Tu tournes lentement la tête et y aperçois… LA TÊTE SQUELETTIQUE DU CONDUCTEUR ! Tu cries OOUUAAAH ! mais c'est une grosse bulle d'air qui sort de ta bouche…

Une multitude de crabes émergent du coffre à gants et montent sur tes genoux.

Tu sors de la voiture au chapitre 89.

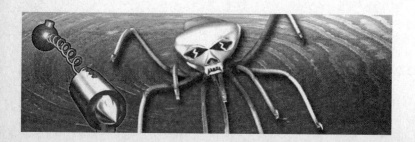

8

Le long corridor du sous-marin aboutit enfin à une intersection…

Rends-toi au chapitre inscrit à l'entrée du passage que tu désires emprunter.

9

Comment lui faire comprendre ? Tu lui fais de grands gestes avec les bras en pointant le passage du sous-marin. Elle lève les épaules en signe d'incompréhension et fait des bulles. Jean-Christophe te montre le sol et bouge les doigts comme s'il avait dans sa main un crayon. Tu saisis ce qu'il veut dire et tu griffonnes les mots dans la poussière et le sable qui reposent sur le plancher :

as-tu emporté ton générateur de plans ?

Afin de déterminer si Marjorie a emporté son générateur de plans, tu dois suivre à la lettre ces instructions…

Si, pour ne pas perdre la page où tu es rendu dans ton livre, tu te sers d'un signet, eh bien tu es chanceux, car Marjorie a emporté son générateur de plans. Rends-toi au chapitre 92.

Si, par contre, tu te sers de n'importe quoi d'autre ou d'absolument rien, DÉSOLÉ ! elle ne l'a pas avec elle. Va dans ce cas directement au chapitre 8.

10

Vous vous approchez
tous les trois…

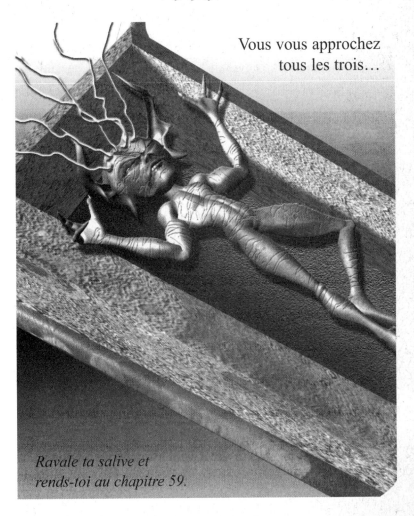

*Ravale ta salive et
rends-toi au chapitre 59.*

11

Vous nagez tous les trois en direction de ce très étrange château protégé par un grand globe de verre. Il ressemble à ces boules remplies d'eau et de fausse neige que collectionnent les vieilles dames.

À l'intérieur du globe, il y a de l'air, c'est certain, car vous pouvez apercevoir des chauves-souris tourner en cercle autour de la plus haute des tours. C'est un vrai cauchemar, cet endroit. Impossible de savoir comment ce château transylvanien est arrivé ici.

Vous faites le tour plusieurs fois avant de découvrir que l'entrée est à plusieurs mètres du château. C'est une grotte protégée par une bande de requins aux dents terriblement longues... DES REQUINS-VAMPIRES !

Comment les éloigner pour que vous puissiez entrer ? Est-ce qu'un crucifix a le même effet sur les requins-vampires que sur les vrais vampires ? Il n'y a qu'une façon de le savoir.

Tu te rends au chapitre 32 afin de faire le test...

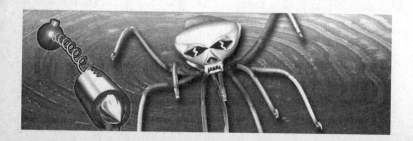

DOMMAGE ! Elle est verrouillée...

Dans le sable, Marjorie aperçoit un objet brillant.

« Moi, si j'étais à ta place, je ne toucherais rien, lui dit son frère. Cet endroit est une sorte de sépulture très ancienne, et comme tu le sais, déranger le mort pourrait avoir comme effet de jeter sur nous une terrible malédiction. »

Marjorie fait fi des conseils de son frère et prend le petit objet de métal.

« C'est une pièce de monnaie ancienne en argent, vous dit-elle en l'examinant. Vous croyez que ça vaut une fortune ? »

Comme réponse, Marjorie n'obtient que le grincement d'une porte qui s'ouvre. CRIIIIIII !

Quatre chars tirés par des chevaux squelettiques arrivent dans l'arène. Tu pointes ton lance-boum ! Autour de vous, les chevaux galopent si vite que tu ne peux même pas espérer les atteindre.

D'un char, un archer tire une flèche.

FIOOUU !

Tu t'écartes vite de sa trajectoire, mais la flèche transperce le bras de Jean-Christophe. NON ! Seulement son chandail, PFIOU !

Vous tentez de fuir par les portes laissées ouvertes au chapitre 19.

13

À peine as-tu fait un tour avec la manivelle qu'une partie du mur et du sol pivote. **FRRRRRRRR** ! Vous vous retrouvez dans un laboratoire. Des centaines de poissons flottent dans des bocaux remplis de liquide rosé. Il y en a partout sur les étagères. C'est une vraie collection…

Partout, il y a des traces de pieds palmés. Il y a bien quelqu'un qui habite ici. Un scientifique fou peut-être ? Sur vos gardes, vous explorez les lieux. Un long couloir vous amène vers une piscine souterraine dans laquelle vous apercevez… UNE ÉNORME NAGEOIRE DORSALE !

Vous vous cachez derrière un baril pour mieux épier ce gros poisson qui, à votre grand étonnement, sort de l'eau…EN MARCHANT DANS VOTRE DIRECTION ! Tu retiens un petit cri de terreur.

De quelle façon la créature mi-homme, mi-poisson a-t-elle senti votre présence ? Peut-être que, pour elle, les êtres humains sentent aussi mauvais que les poissons pour nous ! Tu te penches et espères qu'elle vous oublie. Tu attends quelques secondes avant de te relever et d'arriver face à face avec sa répugnante tête. Elle te saisit de ses bras palmés et te traîne jusqu'à son laboratoire où elle t'immerge et t'enferme dans un grand bocal rempli de liquide rose…

FIN

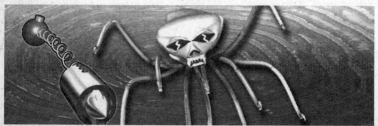

14

15

Un squelette ouvre la grille… QUI N'ÉTAIT PAS VERROUILLÉE !

Ils sont trois, et vous êtes trois. Vous décidez alors de les affronter. Tu fonces vers le premier, tête devant, pour le renverser et le faire tomber. À l'impact, **BLAAACCC !** ses os partent dans toutes les directions.

« FRAGILE, L'ANCÊTRE ! » t'exclames-tu lorsque le squelette démembré gigote sur le sol. Jean-Christophe réussit à écraser le deuxième en actionnant les rouages d'un monte-charge. **CLIC ! CLIC ! CLIC ! CRAAAAAC !**

Dans un coin, le troisième squelette menace Marjorie avec un glaive rouillé. Il s'élance, et ton amie réussit à parer le coup avec un bouclier. **CLANG !** Avec Jean-Christophe, tu saisis un filet de rétiaire, et vous réussissez à emprisonner le squelette. Vous le traînez jusqu'à un puits pour le jeter dedans. **PLOUCH !** C'est une chance que ces paquets d'os n'aient pas appris à nager.

Lorsque vous reprenez votre route, d'autres paquets d'os arrivent… EN GROGNANT ! Ceux-ci marchent à quatre pattes. Ce sont des squelettes de tigres et de lions. Ils sont sept, et vous n'êtes que trois…

FIN

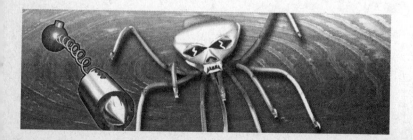

16

« Oh non ! » hoquettes-tu dans ton masque de plongée.

Tu te contorsionnes pour éviter ses tentacules, mais c'est inutile. La créature transparente vous attrape tous les trois et vous entraîne jusqu'à l'entrée de sa grotte sous-marine.

À l'intérieur, il y a de l'air ! Vous vous levez, mais **TOC** ! ta tête frappe le plafond. « AÏE ! » Vous restez quelques secondes immobiles, attendant la suite.

« La créature ne semble plus être dans les parages, dit Jean-Christophe, en regardant dans l'eau.

— Comment peux-tu en être certain ? lui demande Marjorie. Une créature faite d'eau dans l'eau, ça ne se voit pas… »

Vous enlevez vos équipements de plongée et, à demi accroupis, vous avancez profondément dans la grotte. Un mur de vieilles planches pourries vous barre la route. Vous l'enfoncez facilement pour découvrir, de l'autre côté… LA CALE DE L'ÉPAVE DU NAVIRE !

Des barils de poudre et de rhum, des sacs remplis de victuailles toutes moisies, mais au moins, pas de créature en vue…

Il y a de l'air là aussi ! Allez au chapitre 49.

17

Certain d'avoir choisi la bonne pierre, tu appuies dessus. Elle s'enfonce, et tout de suite des parties de mur glissent et disparaissent dans le sol. Tu te dis que ça y est, dans quelques minutes vous allez pouvoir respirer sans votre équipement. Vous attendez tous les trois en nageant sur place. Quelques minutes passent, et l'eau ne baisse toujours pas. Au loin, tu entrevois des points noirs qui grossissent et grossissent… DES REQUINS !

Vous nagez le plus vite que vous pouvez. Derrière, les requins gagnent du terrain. À droite, un passage étroit vous offre peut-être une chance de vous éviter une rencontre avec les mâchoires de la mer. Vous vous y engouffrez sans en avoir calculé les dimensions. Tes épaules frottent de plus en plus sur les parois, qui rétrécissent toujours. Tu as de la difficulté à poursuivre. Tu aperçois au loin la lumière. Tu crois être tiré d'affaire, mais vous restez définitivement… COINCÉS DANS LE PASSAGE !

Les minutes passent, et vos bonbonnes d'oxygène se vident. Dans quelques secondes, tu vas boire la tasse finale… D'EAU SALÉE !

FIN

18

Rends-toi au chapitre inscrit à l'entrée du corridor que tu désires emprunter.

19

Juste comme vous passez le seuil, trois flèches viennent se planter dans la porte.

CHTAC ! CHTAC ! CHTAC !

La queue d'une flèche danse sous ton nez et te chatouille. Jean-Christophe t'attrape le bras et te tire vers le passage. Par un escalier en pierre, vous parvenez à atteindre les couloirs sous les gradins. Vous courez entre les nombreuses voûtes qui soutiennent l'amphithéâtre. Dehors, CHTAC ! Est-ce une autre flèche ? Non ! Une sorte de gros balourd muni d'un fouet vous ordonne de vous placer sur la scène, car la vente d'esclaves va commencer… Vous vous regardez tous les trois pendant que des notables renchérissent pour vous acheter.

« J'offre une pièce pour ces trois maigres et chétifs esclaves, lance le premier.

— JE NE SUIS PAS MAIGRE ET CHÉTIVE ! » s'indigne Marjorie.

CHTAC !

« SILENCE ! grogne le marchand balourd. Vous allez faire comme tous les autres, vous plier au moindre caprice de votre futur maître, lui faire à manger, nettoyer son domus, faire son jardin…

— Moi, j'en offre trois », renchérit un autre.

FIN

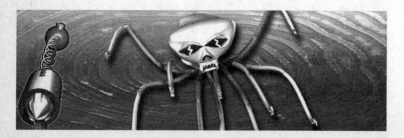

20

TCHAAAAC! Le sabre vient se planter dans le coffre. Une chance que tu l'avais pour te protéger. Tu attends quelques secondes, puis tu ouvres un œil. Le sabre ne bouge plus. Le pirate fantôme est-il parti ? D'un geste brusque, tu le retires du coffre et tu le jettes au loin.

Tu te mets à examiner ce petit coffre ciselé de pieuvres et de requins. Il est lourd. Tu le brasses un peu. **CLOC! TOC! TOC!** OUAIS ! Il y a quelque chose dedans. Peut-être des doublons d'or valant une fortune ? Tu vas être riche ! Cette perspective est très intéressante, mais tu ne sais pas comment il s'ouvre. Tu tournes le coffre de tous bords et de tous côtés.

« IL N'Y A PAS DE SERRURE ! dis-tu à tes amis. Il s'ouvre comment ? »

Marjorie et Jean-Christophe s'approchent et l'examinent avec toi.

« Pas de serrure ! Il ne peut donc s'agir que d'un coffre casse-tête de Pandore, en conclut Jean-Christophe. Il faut faire glisser les petites plaques de bois dans un ordre bien précis pour reformer le vase. Si nous réussissons, il s'ouvrira. »

Allez étudier la façade casse-tête du coffre au chapitre 94.

21

Devant tes amis, tu nages en direction de cet étrange casque de guerrier ancien. Il est gigantesque ! Est-ce un édifice ou un vrai casque de guerrier porté par un géant de l'Antiquité ? Vous vous introduisez dans l'ouverture et découvrez un escalier. À droite de l'entrée se trouve un levier. Qui ne risque rien n'a rien. Tu l'actionnes, et l'eau commence à quitter l'endroit. La tête hors de l'eau, tu entends une machine bruyante. **BRRRRRRR** ! Sans doute une très ancienne pompe…

Liberté de mouvement oblige, vous enlevez vos costumes d'homme-grenouille. Lance-boum à la main, tu montes les marches glissantes. De l'eau s'écoule un peu partout. Derrière-toi, Marjorie hurle…

AAAAAAAHHH !

Tu te retournes et aperçois un gros tentacule ruisselant autour de la taille de ton amie. Dans l'ombre d'un passage, une pieuvre géante la tire vers sa bouche pleine de crocs empoisonnés. C'est le temps de tester ton arme ! Tu pointes le lance-boum dans sa direction et tu appuies. Vas-tu réussir à l'atteindre ?

Pour le savoir, tourne les pages du destin… ET VISE BIEN !

Si tu réussis à l'atteindre, rends-toi au chapitre 27.
Si, par contre, tu l'as ratée, va au chapitre 69.

72

23

Tu te laisses choir sur le sol, et le terrifiant visage de l'extraterrestre va s'aplatir sur le mur de pierre.

BANG !

Tu voudrais rire, mais c'est trop sérieux, la mort, surtout la tienne. Marjorie et Jean-Christophe se sont cachés derrière le sarcophage et élaborent un plan. De gauche à droite, tu danses avec l'extraterrestre à tes trousses. Jean-Christophe tire sur un câble qui gît sur le sol et fait trébucher la créature. Les yeux brillant de rage, elle fonce vers lui. Tu attrapes une série de fils électriques et tu touches le dos de l'extraterrestre. La créature tressaute et tombe sur les genoux.

Vous rassemblez tous les câbles dénudés et vous vous approchez d'elle. De violentes décharges électriques entourent le corps de la créature, qui se carbonise sous vos yeux agrandis de terreur. La fumée puante se dissipe, et la mâchoire de la créature réduite à l'état de poussière tombe sur le sol.

Ton cœur bat à tout rompre lorsque tu constates que l'eau entre à grands flots à l'intérieur de la pyramide.

Vous nagez entre les remous de l'eau, qui vous élève jusqu'au sommet de la pyramide au chapitre 106.

24

C'est en nageant comme des poissons rouges poursuivis par un prédateur que vous parvenez à atteindre, sains et saufs, le navire. Là, vous contournez rapidement la coque et le grand mât. Debout sur le pont de bois pourri, vous reprenez votre souffle en faisant l'inventaire de vos membres. Deux bras et autant de jambes… TOUT Y EST ! Tu fais un signe avec ton pouce à tes amis que tout est OK.

Collé à la barre du gouvernail, il y a le squelette au bandeau noir. Probablement un pirate borgne. Il donne un aspect encore plus morbide au décor. Sa main osseuse est refermée sur quelque chose de brillant. Tu t'en approches et oses lui extirper l'objet d'entre les doigts… C'EST UN DOUBLON D'OR ! Avec cette seule pièce, tu peux te payer tout ce que tu veux, même un scooter…

L'index de l'autre main du pirate semble pointer vers la cale du navire. Ce squelette vous montre peut-être l'endroit précis où se trouvent d'autres doublons ? Pointe-t-il dans cette direction pour vous prévenir d'un grand danger ? Il n'y a qu'une seule façon de le savoir…

Nagez vers l'entrepont au chapitre 29.

25

Tu appuies sur la pierre, et tout de suite l'eau commence à descendre. Liberté de mouvement oblige, vous enlevez vos costumes d'homme-grenouille. De l'eau s'écoule un peu partout. Derrière toi, Marjorie hurle…

« AAAAAAHH ! Un crabe… »

Jean-Christophe rit en voyant sa sœur effrayée par un si petit et si insignifiant crustacé…

« CE N'EST PAS DRÔLE ! se choque-t-elle devant son frère. J'ai toujours eu peur de ce genre de bibitte à pinces… »

Alors que tu ranges ton matériel, Marjorie pousse un autre hurlement.

« AAAAAAAAHH !

— QUOI ENCORE ? » s'impatiente Jean-Christophe.

Vous la regardez tous les deux. Marjorie pointe à quelques mètres devant elle la carcasse squelettique d'un gros animal, un lion… Vous vous posez tous les trois la même question. Comment expliquer la présence de ce lion… SOUS L'EAU ?

Tu jettes un rapide coup d'œil circulaire et tu obtiens la réponse…

… au chapitre 48.

26

Tu fais glisser les plaquettes l'une après l'autre, mais tu ne réussis pas à reformer le vase ancien. Du coffre jaillit soudain une étrange fumée. Effrayé, tu le laisses tomber. **BLAM !**

La fumée tournoie comme une mini tornade et t'entoure. Tes pieds quittent le plancher. Tu essaies de t'ancrer à une des poutres du navire, mais ta main rencontre le vide, et tu te mets à tourner sur toi-même. Des picotements douloureux traversent ton corps, et la tornade te transforme… EN PERROQUET !

Marjorie et Jean-Christophe sont éberlués. Tu t'envoles dans l'entrepont et reviens te percher sur le coffre pour faire une nouvelle tentative. Avec ton gros bec recourbé, tu fais glisser les quatre plaquettes, mais encore là, sans arriver à former ce foutu vase…

Le même manège se produit, sauf que, cette fois-ci, tu es métamorphosé en pieuvre. Avec huit bras hyper collants, tu ne peux plus jouer avec les petites plaquettes de ce coffre maudit pour retrouver ta forme humaine. Ta grande bouche ouverte à la recherche d'eau, tu agonises. Pour que tu puisses demeurer en vie, tes amis n'ont d'autre choix que de te jeter à la mer…

FIN

27

PA-TRACCC ! En plein dans le mille…

Le corps de la pieuvre a été pulvérisé, mais ses longs tentacules gigotent partout.

« POUAH ! » se lamente Marjorie, qui a encore le long bras dégoûtant de la pieuvre pris à la taille.

Vous l'aidez à s'en débarrasser. Elle reprend son souffle, et tous les trois vous partez sans attendre vers l'escalier. Partout flotte l'odeur d'algues. C'est comme si quelqu'un faisait cuire une soupe avec ces répugnantes plantes marines.

Les marches sont glissantes, comme si des poissons gluants les avaient montées juste un peu avant vous. Tout en haut de l'escalier, vous arrivez face à face avec le visage d'une statue brisée couchée sur le sol. Ses jambes sont toujours debout sur le piédestal, mais son corps est coupé à la taille. À première vue, il s'agit d'une déesse de la Grèce antique. Cependant, elle a de très curieuses petites nageoires derrière les oreilles. C'est peut-être une déesse d'Atlantide, la grande ville engloutie ?

Sur son socle de marbre, au chapitre 60, se trouvent trois portes de formes bizarres…

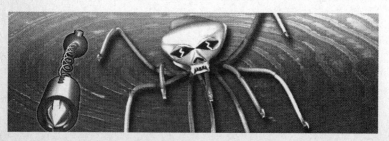

28

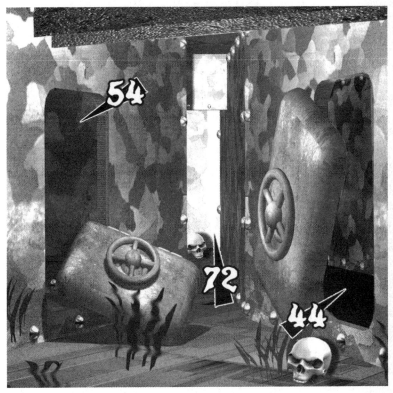

Rends-toi au chapitre inscrit à l'entrée du corridor que tu désires emprunter.

29

Parmi les barils de poudre, de rhum et les sacs de provisions périmées depuis très longtemps, il y a un grand coffre recouvert d'un drapeau noir. C'est un pavillon de pirates. Il représente un sablier et un tibia. Ce drapeau signifiait aux passagers d'un navire pourchassé par les pirates qu'il ne leur restait que très peu de temps avant… LA MORT ! Aujourd'hui, il continue encore à inspirer la peur, et ce, même après toutes ces années.

À trois, vous ouvrez le coffre et découvrez à l'intérieur un passage qui conduit à une cabine cachée. Vous nagez dans l'étroit conduit pour découvrir autour d'une table quatre morbides squelettes immobiles portant des tricornes. Leurs vêtements flottent dans l'eau, et on dirait presque qu'ils bougent encore.

Attachée à la ceinture de tissu pourri de l'un d'eux pend une petite bourse de cuir sur laquelle tu devines les contours de doublons d'or. Lorsque tu tires sur elle, le bras du pirate portant un couteau se rabat et coupe une corde de chanvre qui, elle, actionne un levier, qui dégage un boulet qui, lui, frappe et brise une planche de la coque du navire. Des tonnes de vase coulent à l'intérieur de la cabine du capitaine. Peu à peu, vous vous retrouvez prisonniers de ce pudding dégoûtant du fond de la mer...

FIN

31

Tu regardes les grands titres du journal laissé par ton père sur la table de la cuisine. Encore et toujours des mauvaises nouvelles. Combien de fois devras-tu lui répéter de ne pas laisser son journal traîner sur la table lorsqu'il a fini son petit déjeuner ? Les mauvaises nouvelles, tu n'aimes pas ça, c'est trop décourageant !

Tu t'assoies à ta place devant ton assiette. Comme toujours, tu es seul dans la maison ; tout le monde est parti. Avec ton doigt, tu touches ta gaufre. Elle est froide ! Tu la mets dans le micro-ondes quelques secondes et tu te rassois. Avec le contenant à sirop d'érable, tu prends soin de bien remplir chacune des alvéoles avant de t'empiffrer. Du sirop coule sur ta joue. Tu t'essuies avec le revers de ta manche de pyjama en regardant cette image d'une créature étrange sur la première page du journal.

Tu arrêtes de mastiquer lorsque tu te rappelles soudain avoir déjà vu ce genre de créature monstrueuse dans… L'ENCYCLOPÉDIE NOIRE DE L'ÉPOUVANTE ! Tu cours vers ta chambre et cherches dans ta bibliothèque.

« J, k, l, m… LÉGENDES, MERS ET MONSTRES ! Voilà… », dis-tu lorsque tu fais glisser le grand bouquin vers toi.

Tu l'ouvres au chapitre 81.

32

Tu remplaces donc la petite bombe du lance-boum par un crucifix. Après avoir terminé ton bricolage, tu essaies d'expliquer ton plan à tes amis, par une longue série de signes. Tu leur montres le lance-boum modifié en lance-crucifix et tu pointes l'arme sur les requins. Ensuite, tu fais marcher tes doigts pour leur expliquer que les requins vont PROBABLEMENT s'enfuir, mais ça, tu n'en as pas la certitude. Ensuite, tu termines en faisant comme si tu ouvrais une porte en tournant ton poignet…

Marjorie et Jean-Christophe se regardent, et ils lèvent les épaules en signe d'incompréhension. Sous l'eau, ce n'est pas l'endroit pour avoir une discussion, ça tu le découvres assez vite.

Alors tu décides de passer à l'action. Tu pointes le lance-crucifix et tu appuies sur la gâchette. **BOING**! Le crucifix va se placer pile où tu le voulais, devant la grotte… ENTRE LES REQUINS-VAMPIRES ! Vont-ils cependant l'apercevoir ? Pour le savoir…

… TOURNE LES PAGES DU DESTIN !

Si les requins-vampires ont aperçu le crucifix, allez au chapitre 87.

S'ils ne l'ont pas aperçu, nagez jusqu'au chapitre 41.

33

Le livre que tu as choisi porte de jolis coquillages. Tu insères lentement la clé, et tout de suite une musique se fait entendre. Tu cherches et constates qu'elle provient du livre même. Tu l'ouvres…

Sur la première page, il y a une illustration de la mer. Sur la deuxième, tu retrouves la même image sauf qu'il y a un petit poisson dans l'eau. Même dessin sur la troisième sauf que le poisson est un peu plus gros. C'est vraiment étrange ce picotement dans ton doigt. Tu te grattes et aperçois qu'une écaille de poisson s'est collée au bout de ton index. Tu essaies de l'enlever, mais ça fait mal. C'est comme si… ELLE AVAIT POUSSÉ LÀ !

Tu montres à tes amis ton doigt qui te fait de plus en plus mal, mais maintenant il est recouvert. D'autres écailles sortent partout sur ton corps. Ça te fait terriblement mal. Tu as soudain très soif. Marjorie réussit à dénicher de l'eau et elle t'en apporte un verre. Tu le bois très vite et tu lui en demandes un autre… PLUSIEURS AUTRES !

Ta peau est presque entièrement recouverte d'écailles de poisson. Les dizaines de verres d'eau de Marjorie ne suffisent plus… TU SUFFOQUES ! Tu te jettes dans l'eau du passage, et ça va déjà beaucoup mieux. Ah ! Qu'il est bon de respirer de la bonne eau lorsqu'on est… UN POISSON HUMAIN !

FIN

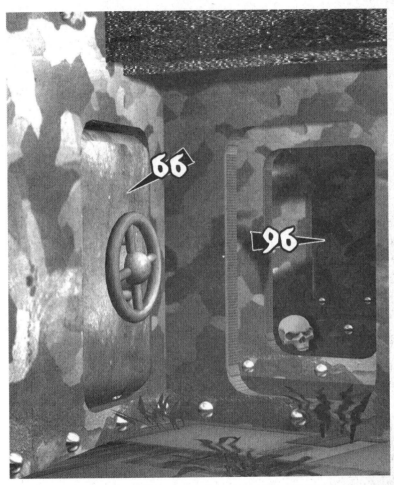

Rends-toi au chapitre inscrit à l'entrée du corridor que tu désires emprunter.

35

Les quatre plaquettes reforment parfaitement le vase, et le petit coffre s'ouvre. À l'intérieur, tu es tout déçu de constater qu'il ne contient aucune pièce d'or, mais seulement un vulgaire poignard. Question de rigoler, tu le places entre tes dents comme faisaient les pirates de l'époque.

« Je suis le capitaine Barbe Noire », rigoles-tu, le poignard dans la bouche.

Marjorie et Jean-Christophe s'éloignent de toi, effrayés. Tu veux enlever le poignard de ta bouche, mais tu aperçois ta main. Elle est toute transparente et… TU PEUX VOIR TES OS !

Tu craches le gros couteau, mais trop tard, la malédiction du poignard de Pandore fait son effet. Tu peux voir maintenant, à l'intérieur de ta cage thoracique, tes entrailles… POUAH ! Que c'est dégueu !

Tes amis ont foutu le camp et t'ont laissé seul, pris avec ce maléfice. Tu disparais peu à peu jusqu'à ce qu'il ne te reste que les os. Sans muscles, tu ne peux plus bouger. Tu te couches entre deux barils… Maintenant, tu fais partie de ce décor lugubre…

FIN

36

Tu observes attentivement la position des pièces sur le jeu avant de t'engager...

Rends-toi au chapitre inscrit sur la case du jeu où tu auras choisi de mettre les pieds.

37

« Euh ! Pardon, madame Laurence, mais je ne peux pas aller à l'école aujourd'hui, lui dis-tu, pressé.

— Mais qu'est-ce qui se passe ? te demande-t-elle. Tu as un problème ?

— Ou-Oui ! C'est cela, essaies-tu de la convaincre. Je suis très malade, je ne me sens pas très bien et…

— Malade mon œil ! te coupe-t-elle sans te croire, évidemment. De la façon dont tu es habillé, comme ça, on dirait que tu te rends à la plage…

— Vous faites erreur, tentes-tu de lui expliquer. Je vais à la plage, mais pas pour me baigner. Peut-être pour me baigner un peu, mais pas pour m'amuser en tout cas. Enfin, c'est difficile à expliquer, mais…

— OUAIS ! OUAIS ! fait-elle, incrédule. Tes explications, tu les donneras au directeur à ton retour à l'école. »

Elle actionne le levier et referme la porte du bus, qui repart en trombe. Tu te grattes la tête.

« Double problème aujourd'hui », penses-tu…

… avant de courir vers le port de Sombreville, qui se trouve au chapitre 65.

38

Maintenant, c'est vraiment le temps de faire aller tes méninges. Tu examines le tapis poussiéreux et tous les pièges mortels qui vous entourent. L'eau coule sur ton front, et avec raison. Une fausse manœuvre, et **CRAC!** **BOUM! CHLAC!** vous vous ramassez tous les trois… DANS UN CERCUEIL !

Après une longue discussion, vous concluez que, pour sortir d'ici, vous devez regarder ce que vous réserve votre avenir dans la boule de cristal. Et pour consulter cette foutue boule sans déclencher les pièges, il n'y a pas trente-six solutions… IL N'Y EN A QUE DEUX !

Afin de regarder votre avenir dans la boule de cristal, vous devez réussir à lancer un objet sur la boule en espérant la faire tomber de son piédestal et la faire rouler hors du tapis. Ou bien vous pouvez rouler le tapis à partir du bord jusqu'au centre où se trouve le piédestal… D'une façon ou d'une autre, vos pieds ne toucheraient pas le tapis…

Si tu optes pour la première solution, va au chapitre 70.
Si tu choisis plutôt la deuxième option, va au chapitre 80.

Tu hésites un peu avant de t'en approcher. C'est la clé de l'enfer, peut-être ? Tu cherches à quoi elle peut bien servir…

Au mur, tu aperçois des rideaux. Cachent-ils quelque chose, une fenêtre peut-être ? Non, pas à cette profondeur sous l'eau, impossible. Tu les ouvres doucement et découvres qu'il y a bel et bien une fenêtre au travers de laquelle tu aperçois le soleil qui brille au-dessus d'un joli paysage de campagne. Êtes-vous revenus à la surface sans vous en rendre compte ? Non, tout cela a été peint sur un panneau de bois pour imiter un paysage…

Tu remarques que la clé en os pointe droit sur une étagère sur laquelle sont posés de grands livres. Il y a de la poussière partout et des toiles d'araignée. Tu regardes chacun des livres. Tu fouilles et réussis à en trouver deux dont la couverture est munie d'une serrure. Pourquoi ? Ce sont peut-être le journal intime de Dracula et le grimoire de sortilèges maléfiques d'un très puissant sorcier.

Tu te rends au chapitre 62 afin d'en ouvrir un avec cette clé étrange…

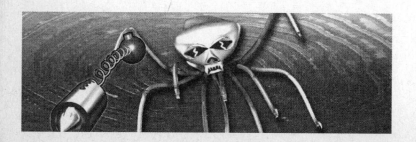

EXCELLENT ! Encore une fois, les pièces se déplacent. Tu observes à nouveau leur position...

Rends-toi au chapitre inscrit sur la case du jeu que tu auras choisie...

41

Malheureusement… TON SUPER PLAN N'A PAS FONCTIONNÉ ! Tu rembobines le ressort du lance-boum et tu replaces la petite bombe à l'extrémité…

Les requins rôdent toujours à l'entrée. Marjorie te tape sur l'épaule pour te montrer une série de panneaux de bois attachés à des pierres sur lesquels il est écrit : « Passage secret, par ici »…

BON ! C'est un piège à cons, tu t'en doutes, mais tu n'as aucune autre solution. Vous suivez les panneaux, qui vous conduisent derrière le château. Un tunnel caché sous un merveilleux corail débouche sur une double porte de verre. C'est un sas. De l'autre côté, il y a de l'air, et vous apercevez des jets sous-marins parqués côte à côte. On dirait le stationnement d'un millionnaire excentrique. Ça expliquerait bien des choses…

Avant que vous ayez trouvé une façon d'activer le sas… LA PREMIÈRE PORTE S'OUVRE ! Tu cherches à comprendre, mais lorsque tu aperçois une caméra de surveillance, tu devines…

Vous décompressez au chapitre 67.

SUPER ! Devant, les pièces se déplacent toutes seules. Lorsqu'elles ont terminé, tu observes à nouveau leurs positions…

Rends-toi au chapitre inscrit sur la case du jeu que tu auras choisie...

43

Dans votre sillage, les gardes vous pourchassent toujours et gagnent du terrain. À trois sur un JSM, vous allez moins vite qu'eux. Vous vous retrouvez côte à côte. De chaque côté de vous, les gardes pointent de dangereux harpons. Juste à la dernière seconde, tu fais piquer du nez ton JSM, et les deux harpons vont se planter dans leurs moteurs, qui explosent. **BRAOOOUUUMM !**

Tu regardes dans le rétroviseur. Ça fait deux gardes en moins, mais tous les autres traversent le brouillard de l'explosion et vous pourchassent toujours. Devant toi apparaît l'immense épave d'un navire éventré… LE GROTANIC !

Sans même ralentir, tu entres. Moins agile que toi, un garde vient s'écraser avec son JSM sur la coque rouillée. **BRAOOOUM !** Bien joué…

Tu évolues entre les ponts du paquebot. C'est un vrai labyrinthe. Les phares du JSM font danser les squelettes, toujours pris dans la carcasse ! Tu réussis à en semer deux autres… IL N'EN RESTE QU'UN !

Tu t'échappes de la carcasse par une tuyère au chapitre 58.

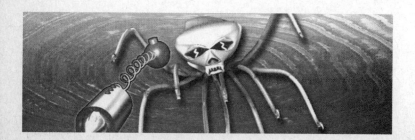

44

Rends-toi au chapitre inscrit à l'entrée du corridor que tu désires emprunter.

45

Vous nagez lentement à reculons, espérant vous éloigner de ce poisson-monstre. Une écoutille ouverte vous offre peut-être une sortie… LA SALLE DE TORPILLES ! Tu essaies de refermer l'écoutille, mais les gonds sont figés dans la rouille. Dans le passage, le poisson-monstre arrive à la vitesse d'un dauphin. Vous nagez entre les débris jusqu'au tableau de commande des tubes de torpilles. Fait d'un métal anticorrosion, il semble encore en état de fonctionner. Tu mets la minuterie à 45 secondes, et vous vous glissez chacun dans un tube. Dans le noir, tu attends jusqu'à ce qu'un ZVOOOUUUUCCCH ! retentissant vous projette tous les trois hors de l'eau sur la plage déserte de Sombreville.

Sur la rive, tout souriants, vous vous tapez mutuellement dans les mains. De grands remous apparaissent soudain sur la surface calme de l'eau. Tu recules en tirant Marjorie vers toi. Deux yeux rouges percent tout à coup la surface… C'EST UN LOUP DES PROFONDEURS !

Il ouvre sa gueule, et comme le fait une sirène avec son chant, il te paralyse avec son hurlement effroyable.

Tu essaies de bouger, mais tu n'en es pas capable. Quatre autres loups des profondeurs émergent de la mer et vous entourent. Tu es toujours incapable de bouger.

FIN

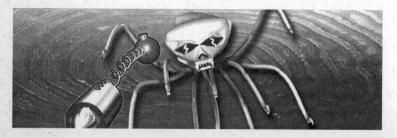

46

PA-TRACCC ! BOUM… C'est raté…

Tu essaies de recharger le lance-boum, mais un trident pointu te pique le dos. Tu lèves les bras, et vous êtes tous les trois conduits au cachot, dans les entrailles du château. Dans une cellule froide et humide, vous entendez chanter une chanson de marins. Ce sont sans doute d'autres pauvres diables qui, comme vous, sont emprisonnés en ces lieux maudits.

Au fil des temps, l'eau a fait ses ravages et le mortier entre les pierres s'enlève aussi facilement que de la pâte à modeler. Comme des prisonniers en mal de liberté, vous enlevez une pierre et parvenez à une autre cellule où dorment des squelettes… Voilà le sort qui vous est réservé si vous ne trouvez pas une façon de quitter ce château de malheur.

Quatre murs plus tard, vous créez une brèche par laquelle de l'eau s'engouffre. La tête collée au plafond, vous attendez que la cellule se remplisse d'eau. Dans le réduit d'air, tu aperçois une nageoire dorsale. TIENS ! Quelque chose mordille ton espadrille…

FIN

Tu te diriges sans hésiter vers le sous-marin, car tu as aperçu une écoutille ouverte. C'est toujours intéressant de fouiller des épaves, à cause des trésors qu'elles cachent toujours…

Un banc de jolis poissons quittent le décor. Ça, ce n'est pas une bonne nouvelle, d'habitude. Vous regardez autour et apercevez en même temps une ombre lugubre qui fonce vers vous… UN REQUIN !

Vous nagez le plus rapidement possible vers la carcasse d'une voiture rouillée. Au moment où tu tires sur la portière, le requin attrape avec sa mâchoire le bout de ta palme. Tu essaies de t'agripper, mais la poignée te reste dans les mains. Le requin te traîne au loin. Marjorie et Jean-Christophe suivent la traînée de bulles que laisse ta respiration.

Finalement, le requin disparaît avec seulement un bout de ta palme dans sa gueule bourrée de dents affûtées. Tes amis te rejoignent, heureux de voir que tu l'as échappé belle. Pour remercier le ciel, tu regardes en haut et aperçois ce qui a fait fuir le dangereux requin. Une créature mi-homme, mi-poisson nage en direction du sous-marin…

Vous le suivez jusqu'au chapitre 7.

48

Devant vous se dressent les ruines d'un cirque qui date certainement de l'époque de la Rome ancienne. Il y a partout des colonnes brisées et des grands blocs de pierre pêle-mêle. Les os cassés de squelettes poussiéreux jonchent le sol sablonneux. Les lions ont fait plusieurs victimes dans cette très ancienne arène.

Vous avancez sur vos gardes, car vous avez aperçu des traces récentes d'animal. Dans le sol, des trappes s'ouvrent vers des cages rouillées et heureusement vides. Un casque égratigné de gladiateur à demi enfoui dans le sable cache un crâne fracassé. Tu avances devant tes amis avec le lance-boum de Marjorie entre les mains, prêt à faire feu sur la première créature qui ose pointer son horrible tête devant toi.

Sous l'ancienne structure où s'assoyaient les dignitaires de l'époque, une porte en bois, toujours en place, vous attire. Vous vous approchez. Est-elle verrouillée ? Pour le savoir…

TOURNE LES PAGES DU DESTIN…

Si elle n'est pas verrouillée, ouvrez-la au chapitre 73 et entrez…

Si, par contre, elle est barrée, cherchez ! Il y a peut-être un passage secret au chapitre 12.

Sur un baril de rhum, un sabre rouillé est planté dans un vieux papier écrit à la plume rouge. Tu t'approches pour lire :

« NE TOUCHEZ À RIEN, SINON… » Tu lèves les épaules, pas du tout effrayé, car toi, tu n'es pas du genre à croire à ces histoires d'horoscope ou de prédictions de l'avenir. C'est comme les petits biscuits que l'on vous sert au resto chinois : ce qui est écrit sur le petit papier, ça ne se produit jamais.

Au moment où tu te diriges vers un escalier, tu sens quelque chose qui te pique entre les deux omoplates. Lentement, tu te retournes et découvres que tu as un sabre pointé droit sur ton cœur. Au bout du sabre il y a… UN FANTÔME DE PIRATE !

Tu fais un bond en arrière. Le pirate avance.

« MAIS JE N'AI RIEN TOUCHÉ, MOI ! » tentes-tu de lui faire comprendre.

Jean-Christophe fait de grands signes avec ses bras pour attirer le pirate vers lui, mais c'est après toi qu'il en a. Le pirate fonce ! Tu plonges, juste à la dernière seconde. Le sabre du fantôme va se planter dans un autre baril. CHRAAAC ! Du rhum se répand vite partout sur le plancher et rend les vieilles planches très glissantes.

Vous patinez jusqu'à un escalier, au chapitre 97.

51

Elle est en tous points identique à celle dessinée sur la porte. Lorsque vous avancez vers elle, un bruit terrible retentit **CRRRRRRRRRRR !** et très haut dans la voûte de la grotte s'ouvre une énorme brèche. Dans les millions de litres d'eau qui coulent en furie de l'ouverture, vous pouvez discerner la silhouette d'un autre navire capturé.

Avec émotion, vous observez le grand bateau qui termine sa chute et s'écrase littéralement sur le sol.

BRAAAAAOOOOOUUUMM !

La brèche se referme, et tout redevient silencieux.

Sidérés, vous regardez, muets, l'épave gisant parmi les autres. Peu importe ce qui se passe ici, le secret se trouve dans la pyramide. À pas mesurés, vous évoluez jusqu'à la grande construction de pierre. Plus vous vous approchez et plus vous en constatez l'ampleur. Il a fallu des millions de grosses pierres pour la construire, comme pour la pyramide de Chéops…

Vous parvenez à l'entrée où une porte majestueusement décorée vous arrête…

… au chapitre 104.

52

Les trois squelettes se tiennent maintenant DEBOUT dans la cellule…

Les yeux agrandis de terreur, vous reculez jusqu'au chapitre 15.

53

À peine as-tu mis le pied sur la case devant toi que les pièces géantes du jeu t'entourent. Encerclés tous les trois, vous attendez la suite. Ça ne s'annonce pas très bien, car entre les pièces tu aperçois une main géante. Tu essaies de te cacher, mais la main te saisit et te soulève. Les pieds qui courent dans le vide, tu vois en bas tes amis s'éloigner sur le plateau du jeu. Autour de toi, il fait très noir. La main t'emporte toujours, mais tu n'as pas la moindre idée où...

Enfin, tu aperçois un méga géant assis à une table. Il te dépose dans un grand bol rempli de lait et de céréales. Il te prend pour une fraise, ce grand idiot ! Tu t'accroches à une céréale. Sa grande cuillère arrive vers toi. Tu tentes de nager dans le lait pour t'éloigner, mais rien à faire... IL T'ATTRAPE !

Ça brasse autour de toi. Éclaboussé par du lait, tu fermes les yeux quelques secondes. Tiens, le sol est curieusement mou. Debout sur sa langue, tu entends un HORRIBLE GLOUB...

FAIM

Rends-toi au chapitre inscrit à l'entrée du corridor que tu désires emprunter.

55

Vous barbotez allègrement vers les magnifiques ruines, oubliant presque pourquoi vous êtes ici. C'est sans doute l'ivresse des profondeurs qui cause cela…

Tu nages en tournant toujours la tête, car avec tes amis tu ne veux certes pas faire la rencontre de requins. Des bancs de jolis poissons zigzaguent entre les tronçons de colonnes brisées. Quelle splendeur ! Vous explorez les lieux à la recherche d'un quelconque indice qui pourrait vous aider dans votre enquête. L'endroit est très bien, mais il ne semble rien y avoir qui pourrait vous intéresser. Au moment où tu t'apprêtes à quitter, un gros poisson sort d'un passage caché par une dalle. Vous le laissez s'éloigner et vous vous approchez de l'ouverture. D'une simple poussée, la dalle pivote, et vous vous engouffrez dans les ruines.

Vous parvenez à atteindre une très grande salle. Si grande qu'il vous est impossible d'entrevoir où elle se termine. Par endroits, l'eau est embrouillée d'algues. Vous longez les murs et apercevez deux pierres très différentes des autres…

Tu t'en approches au chapitre 98.

56

Sans regarder en arrière, tu t'échappes avec tes amis de la grande salle du jeu. Tu as bien joué, car un seul faux pas signifiait pour vous… ÉCHEC ET MORT !

Dans l'autre pièce, c'est parfait : il n'y a pas de jeu. Au milieu d'un grand tapis se trouve, sur un piédestal, une boule de cristal. Flairant un piège, vous évitez tous les trois de mettre un pied sur le tapis. Quel pouvoir d'anticipation vous avez, car, sur un panneau suspendu au plafond, est écrite une mise en garde…

Boule de cristal, boule de cristal,
de l'avenir elle vous parlera.
Mais ne marchez pas sur le beau
tapis car…
IL VOUS EN COÛTERA !

Allez au chapitre 83.

57

Tu ouvres lentement la porte et découvres derrière elle une étendue de sable. La porte ainsi que le mur ont disparu. Autour de vous, il n'y a que des dunes. Dans le sable sous tes pieds, tu sens qu'un animal rampe. Vous vous regroupez tous les trois pour surveiller les dunes…

Peu importe où vous êtes, c'est loin de n'être qu'une petite salle sous l'eau. C'est une caverne immense… UN MONDE ENGLOUTI !

Vous escaladez un monticule et apercevez au loin toute une ville de carcasses de navires. Faut pas être très brillant pour comprendre que tous les navires qui ont coulé à travers les siècles ont abouti ici, en ces lieux maudits…

Vous marchez entre les carcasses de bateaux, qui penchent dangereusement vers vous. Il n'y a pas âme qui vive. Tu aperçois un galion espagnol probablement rempli de doublons d'or. C'est l'endroit de tous les trésors. Si vous réussissez à sortir vivants de cet endroit, vous allez être très riches…

À quelques centaines de mètres, en plein centre de la grotte, se dresse une pyramide au chapitre 51.

58

Tu fonces vers la surface et jaillis de l'eau comme une baleine. Tu t'agrippes fermement aux poignées lorsque ton JSM frappe la surface et replonge.

PLOOOOOUUUUCCHH !

Autour de vous, le dernier garde semble avoir perdu de vue les bulles et le remous de votre sillage. Tu souris à Marjorie. Devant toi, un point orange grossit. C'EST LUI ! C'est qu'il fonce droit sur vous, ce fou…

Tu tires les poignées, et ton JSM s'écarte de sa trajectoire. Un bruit sourd de moteur qui flanche se fait entendre… TON MOTEUR !

Sans équipement de plongée, vous n'avez d'autre choix que de vous laisser couler au fond. Au-dessus de votre tête tourne le garde. Il s'arrête et fait descendre une chaîne qui s'accroche automatiquement à votre véhicule. Il vous remorque jusqu'au château où vous attend une escorte armée.

Vous végétez longtemps dans une cellule humide avant de vous rendre au chapitre 68.

59

Aucun mot ne se forme sur tes lèvres à la vue de cet être tout ratatiné couché dans le sarcophage. Ce n'est certes pas un être humain. Ça vient d'ailleurs et de très loin même… La créature semble dormir depuis des centaines d'années. Vous analysez le système complexe de filage multicolore relié à sa tête. Cet extraterrestre est maintenu en vie grâce à l'énergie solaire, et tout navire qui a la malchance de voguer dans le sillage du capteur de rayons se voit malheureusement aspiré vers le fond de l'océan.

Vous devez faire cesser ce carnage, quoi qu'il arrive. Marjorie saisit tous les câbles…

« NON ! » hurles-tu.

Et elle les arrache sans t'écouter ni réfléchir…

Le corps inerte de l'extraterrestre est tout à coup parcouru de vibrations. Saisis de panique, vous reculez tous les trois. La créature s'assoit brusquement et tourne la tête dans votre direction. Ses paupières s'ouvrent, et dans ta tête résonne sa voix.

« HUMAINS ! vous dit-elle, dotée d'une grande force télépathique. VOUS ALLEZ PAYER DE VOTRE VIE CETTE INTRUSION ! »

Tu te concentres très fort pour entrer en communication avec elle au chapitre 75.

Au-dessus de chacune de ces portes se trouvent des inscriptions dans une langue très ancienne. Est-ce qu'elles peuvent t'aider à faire ton choix ? Non, car cette langue t'est totalement inconnue, donc inutile...

3 85 57

Rends-toi au chapitre inscrit sous la porte que tu auras choisie...

61

PA-TRACCC ! Oh ! non… C'EST RATÉ !

Tu te relèves d'un seul bond et tu attrapes glaive, bouclier et casque de gladiateur. Debout devant le tigre qui rugit, **GRRROOUUUW !** tu pointes ton arme. Le tigre se met à tourner autour de toi. Tu le suis en protégeant tes amis. L'animal s'arrête et ouvre sa gueule toute garnie de dents pointues… IL VA ATTAQUER !

Tu te mets à hurler à pleins poumons. OOUUAAHH ! Effrayé, le tigre s'enfuit et trouve une sortie. Tu le pourchasses dans un long couloir, brandissant ton glaive. Au bout, il fait de plus en plus sombre. Tu finis par ne plus rien voir du tout. Où est-il ? Tu restes immobile, à l'affût du moindre bruit. Autour de toi, une paire d'yeux verts apparaît. Ensuite une autre, et puis une autre. Tu recules dans le passage pour y voir plus clair. Quatre tigres affamés s'amènent maintenant. Tu retournes sur le sable de l'arène, accueilli par une clameur lugubre.

YAAAAOOOUUU !

Dans les estrades, des centaines de fantômes anciens demandent des combats et du sang. Tu regardes tes amis, qui sont aussi effrayés que toi.

Les tigres arrivent au chapitre 6…

Le visage tout en grimaces, tu prends la clé du bout des doigts et tu l'insères dans le trou de serrure du livre que tu as choisi...

63

Tu avances d'un pas prudent sur la case en espérant avoir fait le bon choix. Pendant quelques secondes, rien ne se passe, puis lentement…   LES GRANDES PIÈCES DU JEU SE METTENT À BOUGER !

Tu te mords le bout des doigts pour te ronger les ongles. Les pièces bougent encore, puis s'arrêtent… AUTOUR DE VOUS ! Tu regardes devant toi, et il n'y a plus une seule case de libre. Tu as dû mal calculer ton coup…

Sous vos pieds… UNE TRAPPE S'OUVRE ! Vous chutez lourdement plusieurs mètres en bas dans une grotte humide. Partout, il y a de drôles de petites maisons délabrées avec un grand bol devant chacune d'elles. Ce sont de grandes niches à chien, car elles portent au-dessus de leur entrée… DES NOMS ! Démon, Croc-homme, Drakmort, Gueuldedents, Sixpiedssousterre… Rien pour calmer votre peur…

Lentement, sans faire le moindre bruit, vous vous relevez tous les trois. Dans les niches, quelque chose bouge, et d'horribles chiens verts apparaissent. Tu fais un tour rapide de la grotte et tu ne trouves aucune sortie. Une voix très lugubre raisonne soudainement…

« CHIENS CHIENS ! ALLEZ CHERCHER… »

FIN

64

Tout près du but, le cœur qui bat la chamade, tu suis des yeux les pièces du jeu jusqu'à ce qu'elles s'arrêtent…

Rends-toi au chapitre inscrit sur la case du jeu que tu auras choisie…

65

Là, des dizaines de policiers interdisent l'accès aux différents quais du port. Des hommes se disputent parce qu'ils ne peuvent pas entrer au boulot. « Trop dangereux, insistent les policiers. Personne ne passe tant que nous n'aurons pas compris ce qui se passe au port. »

Tu cherches des yeux tes amis sans les trouver. Il semble que tu sois arrivé en premier. À tes pieds, le couvercle d'une bouche d'égout se soulève légèrement.

UN MONSTRE ! Non, Marjorie…

« Entre ! chuchote-t-elle. Nous avons trouvé une façon de passer. »

Tu regardes autour et tu glisses dans l'ouverture. Une échelle te conduit quelques mètres plus bas. Jean-Christophe est là, lui aussi.

« Tu as lu le journal ou écouté les nouvelles à la télé ? te demande-t-il.

— La créature, je l'ai vue dans le journal et dans l'*Encyclopédie noire*, lui réponds-tu. Ces créatures existaient dans la Grèce antique et…

— Nous l'avons lue nous aussi, t'interrompt Marjorie. Nous ne pouvons pas perdre notre temps, car, à la nuit tombée, nous croyons qu'il va se passer quelque chose de catastrophique. Nous pensons que ces êtres mi-hommes, mi-poissons… VONT ENVAHIR SOMBREVILLE ! »

Allez au chapitre 95.

Au bout de ce passage, vous parvenez à atteindre le poste de commandement du sous-marin. Quelle ambiance morbide ! À plusieurs pupitres sont toujours à leur poste… LES SQUELETTES DES SOUS-MARINIERS ! Personne ne pourra accuser de désertion ces pauvres diables. Ils se sont vraiment tués à la tâche…

Des papiers flottent partout. Tu aperçois le périscope de veille. Tenté de jouer le commandant, tu t'approches. Tu y colles ton masque de plongée. Comme c'est intéressant, tu peux voir à l'extérieur du sous-marin. Tu tournes le périscope pour apercevoir le curieux château de style transylvanien. Un groupe de requins sillonnent infatigablement l'entrée. Mieux vaut attendre un peu avant d'y aller.

Un quart de tour vers la gauche, et tu peux maintenant observer cet énorme casque de guerrier de l'Antiquité. Tout à coup, des deux cornes placées sur le casque jaillit la foudre. Le sous-marin tremble. Tu ne cherches plus à comprendre ce qui se passe lorsque tu aperçois à la surface un petit bateau de pêcheurs pris dans un filet de décharges électriques. En à peine quelques secondes, le navire coule à pic et s'enfonce dans l'abîme. Une immense trappe s'ouvre au-dessus du grand casque, et le navire capturé disparaît. Lentement, la trappe se referme…

Retourne au chapitre 4 afin de choisir une autre voie…

67

De l'autre côté, quatre jolies femmes-poissons vous aident à vous dévêtir et vous dirigent vers un grand escalier de verre… Quelques étages plus haut, vous arrivez à la plus grande salle du château. Sur un grand trône fait de coquillages, un homme recouvert d'écailles attend. Vous vous approchez de lui.

« Bonjour ! » dit timidement Marjorie.

Le roi ouvre la bouche, mais il n'y a que des bulles, semblables à des bulles de savon, qui sortent de sa drôle de bouche. Vous essayez du mieux que vous pouvez de communiquer, mais rien à faire. Devant vous, le roi rougit et fait un signe… AVEC SA NAGEOIRE ! Deux gardes arrivent, trident en main. Tu dégaines ton lance-boum et tu le pointes dans leur direction.

Vas-tu réussir à les atteindre ?

Pour le savoir, tourne les pages du destin… ET VISE BIEN !

Si tu réussis à les atteindre, rends-toi au chapitre 74.
Si, par contre, tu les as complètement ratés, va au chapitre 46.

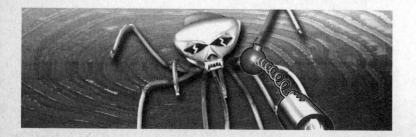

68

Devant la porte de votre cellule passe en courant un homme vêtu d'un toxedo noir. Étonné, vous vous relevez tous les trois et attrapez les barreaux de la grille. La tête à demi sortie, vous l'apercevez. Dos au mur, il a un pistolet à la main. Il regarde dans toutes les directions et arrive devant votre cellule…

« Mon nom est Bon ! Jean Bon, qu'il vous dit. Agent secret au service de sa majesté. Reculez ! Je vais faire sauter la serrure. »

Tu n'en crois pas tes oreilles ni tes yeux. Jean Bon tire un petit fil de sa montre et le colle à la serrure. Vous vous couchez par terre, et **BLAM** ! la porte s'ouvre. Il vous fait signe de la main.

« SORTEZ ! »

Dans le couloir, deux gardes arrivent. Jean Bon se jette par terre et tire deux balles. **BANG** ! **BANG** ! Deux trous dans les hommes-poissons, et ils s'affaissent…

« Mon sous-marin nous attend à la sortie », vous dit-il alors qu'il colle sur les murs des explosifs à minuterie. 10, 9, 8, 7, 6, 5, 4, 3, 2, 1, **TOC** ! **TOC** ! Un homme-poisson frappe sur la grille de votre cellule…

« LEVEZ-VOUS ! grogne-t-il d'une voix caverneuse. C'est le temps de votre exécution. »

AH NON ! Tu ne faisais que rêver ! Sans doute à cause de l'ivresse des profondeurs…

Allez au chapitre 93.

PA-TRACCC ! RATÉ !

La pieuvre tire Marjorie vers elle. Ton amie hurle à pleins poumons.

« AAAAAAAAHHH ! AAAAAAAHHH ! »

Tu sautes sans réfléchir sur la pieuvre, mais tu rebondis comme si elle était faite de caoutchouc. Tu te relèves et tu attrapes un de ses longs tentacules. Elle te fait danser, si bien que tu en perds une espadrille. Jean-Christophe s'arme d'un gros caillou et le lance vers le mollusque. MAUVAISE IDÉE ! Le caillou, comme toi, rebondit sur son corps et revient directement sur la tête de ton ami, qui est alors assommé raide.

Entre les tentacules de la pieuvre, Marjorie vient de tomber dans les pommes. Tu te retrouves maintenant seul contre l'adversaire. Est-ce un combat égal ? Non, car le mollusque possède plus de bras que toi…

FIN

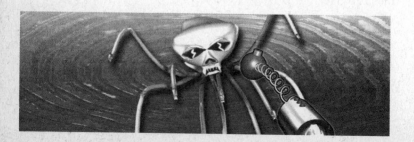

70

N'ayant trouvé aucun objet à lancer, tu détaches une de tes espadrilles et tu la lances de toutes tes forces sur la boule de cristal. **PLOC ! BANG !** BIEN VISÉ ! La boule roule sur le tapis, tourne autour du piédestal et, comme par magie, va se replacer… OÙ ELLE ÉTAIT !

FIN

71

Marjorie contourne un rocher et scrute les alentours. L'eau, claire comme du cristal, lui permet de bien sonder le secteur. Pas de requins qui sillonnent cette partie de la mer ni de méduses venimeuses. Vous nagez vers le navire.

Soudain, sans que rien ne le laisse présager, un grand remous vous fait virevolter. Est-ce une tempête tropicale ? Non, car devant vous un tourbillon d'eau prend la forme d'une créature mi-homme, mi-pieuvre. Vous faites du surplace quelques secondes en cherchant à savoir si ses intentions sont bonnes ou mauvaises. La créature transparente constituée d'eau salée et de bulles te sourit d'une façon méchante puis fonce vers toi, tous tentacules devant. Va-t-elle réussir à t'attraper ? Pour le savoir…

… TOURNE LES PAGES DU DESTIN.

Si cette créature très bizarre t'attrape, rends-toi au chapitre 16.

Si, par contre, tu réussis à t'enfuir, nage vite jusqu'au navire qui se trouve au chapitre 24.

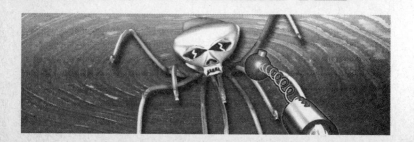

72

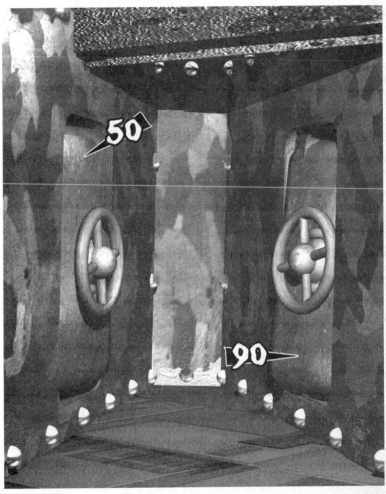

Rends-toi au chapitre inscrit à l'entrée du corridor que tu désires emprunter.

73

Pas de chance, elle est verrouillée…

Tu t'éloignes de la muraille à la recherche d'un quelconque levier ou d'une dalle en pierre à pousser. Il n'y a rien à part un lugubre tibia planté dans le sable. Tu fermes les yeux et tu pousses sur le tibia. Au milieu de l'arène, le sable s'engouffre subitement dans un gros trou. PAS DE RISQUE À PRENDRE ! Vous vous couchez par terre derrière un débris de pierre en marbre.

Le ventre dans le sable, tu attends sans lever la tête. Tu as tout à coup la désagréable sensation que quelque chose renifle tes pieds. Tu te retournes lentement et aperçois un tigre bavant d'appétit. Il a vérifié si tu es comestible ou non. Et devine quoi ? TU L'ES !

D'un seul bond, tu te relèves et tu pointes le lance-boum dans sa direction. Vas-tu réussir à le pulvériser ? Pour le savoir, appuie sur la gâchette…

Tourne les pages du destin… ET VISE BIEN !

Si tu réussis à l'atteindre, rends-toi au chapitre 2.
Si, par contre, tu l'as raté, va au chapitre 61.

74

PA-TRACCC ! BOUM… En plein sur leur sale tête de hareng…

Vous vous éclipsez vite par l'escalier. Derrière vous, le roi tape dans ses nageoires, **CLAP ! CLAP !** et des dizaines de gardes à tête de sardine accourent. Vous dévalez le grand escalier jusqu'au garage où sont rangés les JSM, les jets sous-marins.

Pas le temps de remettre vos habits de plongée. Vous enfourchez tous les trois un JSM. Vous appuyez sur un bouton et vous voilà recouverts d'une cage de verre. Ça se conduit comme un scooter, alors c'est facile. Tu mets le moteur en marche, et vous filez vers la porte, qui s'ouvre automatiquement. Les gardes sautent eux aussi sur des machines et vous pourchassent.

Vous allez très vite, mais une nuée de torpilles tirées par eux foncent vers vous. Tu zigzagues sous les indications de Marjorie, qui te dirige. Les torpilles vont exploser sur un gros rocher. Des morceaux de roche tombent. Tu les évites de justesse.

Vous filez des dizaines de mètres à une vitesse incroyable vers le chapitre 43.

75

Les yeux fermés, tu répètes dans ta tête…

« Nous sommes désolés ! Nous sommes désolés ! Nous sommes désolés. »

L'extraterrestre, debout hors du sarcophage, vient de capter ton message. Il te regarde droit dans les yeux, et sa voix résonne dans ta tête…

« Pourquoi, désolés ? te demande-t-il en ne te quittant pas du regard. Vous ne savez pas ce que vous avez fait, petits inconscients. Je ne pourrai plus jamais recouvrer ma jeunesse, car vous avez inopinément interrompu le processus. Mais je vais tout de même calmer mon goût de vengeance, car la maladie de la mort, c'est vous, humains, qui me l'avez transmise. Avant que notre planète ne soit détruite par un météorite, nous étions immortels. Nous sommes arrivés sur la vôtre à l'époque où elle n'était habitée que par des dinosaures. Après nous être débarrassés de ces animaux stupides, la maladie a emporté l'un après l'autre les représentants de notre race. Il ne reste que moi, et j'ai réussi à me maintenir en vie jusqu'à aujourd'hui grâce à ce système de mon invention. Maintenant qu'il est trop tard pour moi, nous allons tous subir le même destin tragique…

Il se jette sur toi au chapitre 23.

BRAVO ! Vous êtes presque arrivés ! Tu observes à nouveau la position des pièces...

Rends-toi au chapitre inscrit sur la case du jeu que tu auras choisie...

Tu insères lentement la clé, et comme par magie… LE LIVRE S'OUVRE TOUT SEUL ! Sur la première page du livre, tu remarques, bouche bée, qu'il y a… UNE ILLUSTRATION DE TOI !

Tu es chez toi, assis à la table en train de manger une gaufre. Devant toi, il y a le journal de ton père. Sur la couverture du journal, il y a la fameuse photo de l'homme-poisson. À la page suivante, il y a une autre illustration de toi. Tu es devant ton ordinateur et tu pianotes sur les touches de ton clavier. Tu regardes tes amis d'une façon assez inquiète… Malgré tes craintes croissantes, tu tournes la page et découvres sur la troisième encore une image de toi. Tu es devant le bus de l'école et tu parles à madame Laurence… Tu cherches à comprendre, mais à bien y penser, il n'y a plus aucun doute. Ce bouquin maléfique parle de celui ou de celle qui ose l'ouvrir. Et maintenant, il parle de toi, seulement de toi. Il parle de ton passé, mais est-ce que ton avenir a déjà été écrit ? Tu réfléchis un peu en te demandant si tu veux vraiment savoir ce qui va t'arriver dans cette aventure…

Si tu tiens à découvrir le sort qui t'est réservé dans cette aventure, rends-toi au chapitre 82.

Si tu crains le pire en lisant ce bouquin, la clé peut aussi t'ouvrir un passage magique qui te ramènera dans le passé, au chapitre 4.

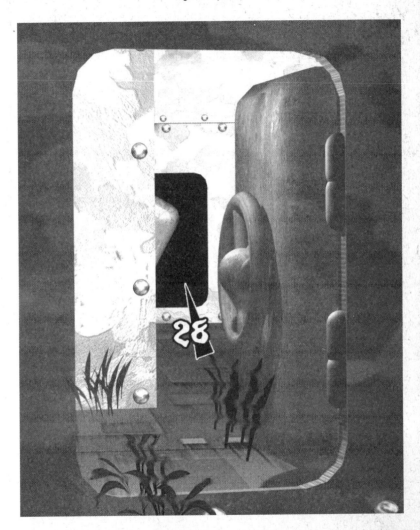

79

La manivelle issue d'une technologie inconnue tourne facilement, et la lourde porte s'ouvre. Aussitôt que vous êtes à l'intérieur, la porte se referme, et des flambeaux s'allument automatiquement partout sur les murs. Vous avancez dans une très longue galerie qui s'enfonce sous la pyramide. Dans ton esprit reviennent des images de tombes égyptiennes dans lesquelles sont cachés des sarcophages de pharaons.

Plus bas, comme dans les livres à la bibliothèque, un grand cercueil doré trône sur un socle peint. Il n'y a cependant pas d'hiéroglyphe. Quelle malchance que ces trésors soient si profondément cachés sous la mer !

Des câbles électriques relient le sarcophage à une sorte de globe brillant qui flotte dans les airs au sommet de la structure. Il est parfois parcouru de décharges électriques qui descendent le long des câbles jusqu'au sarcophage.

Marjorie s'approche et y pose l'oreille…

« J'entends des frottements ! fait-elle, le visage en grimaces. Il y a quelque chose qui bouge là-dedans. »

Jean-Christophe s'approche au chapitre 10 et ouvre d'un seul coup le couvercle du sarcophage…

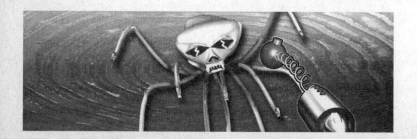

80

Le tapis est très long. Vous vous placez côte à côte, prêts à le rouler jusqu'au centre. Tu donnes le signal à tes amis, et vous partez. Parfaitement synchronisés, vous avancez le tapis, qui roule sous vos mains. Tu jettes un regard nerveux aux quatre pièges placés dans les quatre coins. Ça semble fonctionner. Arrivé au piédestal, tu te relèves avec tes amis.

Dans la boule de cristal transparente, un nuage se forme. Tes yeux s'agrandissent d'étonnement lorsque tu t'y aperçois avec Marjorie et Jean-Christophe. En costume de plongée, vous nagez vers LE GRAND CASQUE DE GUERRIER ANCIEN ! À l'entrée d'une grotte sous-marine, vous engagez un combat sans merci contre une pieuvre géante. Plus loin, vous devez choisir entre trois portes. Vous prenez celle qui est en forme DE PYRA-MIDE. Tu te vois marcher entre les carcasses rouillées d'un cimetière de bateaux coulés. Derrière la porte d'une pyramide, vous découvrez un sarcophage dans lequel repose un être étrange… Soudain, la boule de cristal devient toute floue, et un passage secret s'ouvre dans la pièce.

Il vous ramène à l'entrée où vous avez laissé vos équipements de plongée…

Repartez tous les trois vers le chapitre 4…

81

Assis dans ton lit, le grand bouquin sur tes genoux, tu tournes les pages jaunies. À la page 45, il y a exactement ce que tu cherchais. Tu compares l'image du livre à la photo du journal… C'EST LA MÊME CRÉATURE !

Le texte du bouquin parle de ces créatures dangereuses ayant existé il y a de cela des milliers d'années. Elles avaient construit une cité sous-marine. Très souvent par le passé, elles ont attaqué les villages et les villes où vivaient les hommes. Ces créatures mi-homme, mi-poisson sont disparues lors d'un cataclysme comparable à celui qui a anéanti tous les dinosaures…

Tu regardes le journal en hochant la tête…

« L'*Encyclopédie* est dans l'erreur, constates-tu. Des descendants de cette race de créatures existent toujours, et pas très loin de Sombreville en plus… »

Sur l'écran de ton ordinateur allumé 24 heures sur 24, les petites icônes « nouveaux courriels » clignotent. Tu fais rouler ta souris et tu cliques. C'est un message de Marjorie et de Jean-Christophe, tes amis des Téméraires de l'horreur…

Va lire leur courriel au chapitre 101.

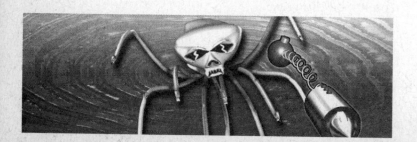

82

Voilà ce qui est convenu d'appeler : « Un livre dont tu es la… VICTIME ! »

FIN

83

Pendant que tu réfléchis à une réponse à cette énigme, tu regardes dans chaque coin de la pièce. Dans un coin, tu remarques un pendule sur lequel est fixée une lame mortelle. Dans le deuxième coin, une statue tient dans ses mains un arc chargé de quatre flèches pointées directement sur toi. Tu fais un pas vers la gauche, et la statue pivote et suit tes mouvements. Dans le troisième coin se trouve une catapulte chargée d'une grosse et très lourde pierre. Dans le quatrième coin, un grand bloc de pierre pourvu de longs pics pointus attend sur des rails. Tous ces appareils infernaux sont probablement reliés à un mécanisme caché sous le tapis.

Tu regardes tes amis, et d'un commun accord, vous décidez de poursuivre l'exploration du château. Connaître l'avenir ne vaut certes pas un tel risque. Au moment où vous vous dirigez vers la porte, vous remarquez qu'elle n'est plus là… ELLE A DISPARU !

Après avoir fait plusieurs fois le tour de la pièce, vous envisagez de consulter de nouveau la boule de cristal… C'est sans doute ce qu'il faut faire pour sortir d'ici.

Allez au chapitre 38.

BIEN JOUÉ ! Les pièces se déplacent. Tu observes à nouveau leur position…

Rends-toi au chapitre inscrit sur la case du jeu que tu auras choisie…

85

Tu te sens irrésistiblement attiré vers cette porte en forme de dé de jeu de table. Tu avances avec précaution parce que tu sais très bien par expérience que ça ne peut pas être un simple jeu qui se cache derrière…

La porte ne possède pas de poignée. Tu pousses, elle ne s'ouvre pas. Tu tires, elle ne bouge pas d'un cheveu. Tu cherches à voir entre les vieilles planches, impossible…

Par terre, tu remarques qu'il y a un dé de forme identique à celui dessiné sur la porte. Tu regardes, et sur la porte, le dé indique le chiffre 5. Tu en déduis donc que, pour ouvrir la porte, tu dois obtenir 5 avec le dé. Tu le lances sur le sol. Combien vas-tu obtenir ?

Pour déterminer ce que tu vas obtenir avec le dé, mets un signet à ce chapitre et ouvre ton livre à n'importe quelle page…

Si, sur la page où tu t'es arrêté, tu peux trouver le chiffre 5, la porte s'ouvre en grinçant au chapitre 5.

Si, cependant, tu n'as pas pu trouver ce chiffre, DOMMAGE ! Les dalles sous vos pieds se brisent, et vous tombez tous les trois au chapitre 100.

86

BON COUP ! Mais devant toi, les pièces se déplacent, et tu dois encore avancer. Tu observes à nouveau la position des pièces sur le jeu avant de poursuivre…

Rends-toi au chapitre inscrit sur la case du jeu que tu auras choisie...

87

TON PLAN A FONCTIONNÉ ! Les requins-vampires s'enfuient comme si l'eau de la mer s'était transformée en… EAU BÉNITE !

Avec Marjorie et Jean-Christophe, vous vous précipitez dans la grotte sous-marine, car vous commencez drôlement à manquer d'oxygène. À l'intérieur, ça tombe très bien… IL Y A DE L'AIR ! Tous les trois, vous enlevez votre équipement de plongée. Dans la grotte, il y a de l'air, oui, mais il y a aussi… UN MONSTRE FAIT D'ALGUES !

Va au chapitre 91.

88

BEAU TRAVAIL ! Devant, les pièces se déplacent encore. Lorsqu'elles ont terminé, tu observes à nouveau leurs positions…

Rends-toi au chapitre inscrit sur la case du jeu que tu auras choisie…

Tu essaies de te calmer, car ta bonbonne d'oxygène n'arrive pas à fournir ta demande en air. Près du sous-marin, la créature n'est nulle part en vue. Bon, voilà ce qui va t'aider à respirer plus normalement.

Vous hésitez un peu, puis vous repartez en direction de l'écoutille. À première vue, il s'agit d'un sous-marin coulé pendant la Deuxième Guerre mondiale. Dans ce secteur du globe, c'est assez étrange. Il s'est probablement retrouvé dans cette partie de la planète après le grand remous des mers de 1981. Des icebergs avaient été transportés par ce remous sur les plages sablonneuses de Tahiti, et des bancs entiers de coraux des Antilles se sont retrouvés sur les côtes du Japon…

Tu plonges la tête dans l'écoutille et tu fais signe à tes amis que la voie est libre. Le sous-marin est complètement submergé. À l'intérieur, vous découvrez les dédales d'un vrai labyrinthe. Ici, les risques de vous perdre et de manquer d'air sont de 2 contre 1… Tu réfléchis quelques secondes et tu songes soudain au générateur électronique de plans de Marjorie. L'a-t-elle emporté ?

Demande-lui au chapitre 9.

90

La monotonie des corridors est rompue par la présence d'un gros poisson perdu. La longue période qu'il a passée à essayer de trouver la sortie et à errer dans les dédales de ce labyrinthe l'a transformé en une sorte de monstre… AFFAMÉ !

Essayez de vous enfuir par le chapitre 45.

91

Tu essaies de te cacher derrière une roche pour te sauver, mais tu glisses et trébuches sur un morceau gluant d'algue qui traîne. Le monstre te saisit par une jambe et te soulève. Tu hurles. AAAAAHHH !

Marjorie crie à son frère Jean-Christophe de t'aider, car elle n'est pas capable de toucher un truc si gluant et si répugnant. Le monstre vert foncé et visqueux déchire ton chandail et enroule une longue branche autour de ton cou. L'algue visqueuse et repoussante colle à ta figure. Jean-Christophe attrape les racines du monstre et les arrache du sol. Le monstre grogne de rage **GRAAAOOOUUUU** ! et te laisse choir sur le sol.

BLAM !

Tu te relèves. Tout de suite, vous courez tous les trois sans regarder où vous allez. Très essoufflé, tu t'arrêtes. Vous jetez un œil derrière vous. Plus rien. Dans le tunnel humide, il n'y a plus aucun bruit. Vous l'avez réellement semé !

OUF !!! Allez jusqu'à votre prochaine **PEUR**... *au* chapitre 99.

92

Tu laisses échapper une grosse bulle d'air avec un OUF ! dedans…

Tu pointes son générateur, et automatiquement, l'appareil trace un plan du sous-marin…

Maintenant, tu pourras facilement traverser le sous-marin sans te perdre…

Rends-toi au chapitre 8.

93

Escorté par les hommes-poissons, tu sens la fin, toute proche… ET TU NE RÊVES PAS !

Dans une grande salle de torture, il n'y a que d'immenses marmites. Bon ! Tu en déduis qu'ils vont te faire bouillir et te manger au cours d'un banquet. Tu es surpris de voir qu'ils t'affublent d'un tablier tout propre. Un grand homme-poisson coiffé d'un chapeau blanc arrive vers toi. C'EST LE CHEF CUISINIER ! Il t'ordonne de bien mélanger cette tonne d'algues dégoûtantes avec ces barils de mayonnaise pour fabriquer… DE LA SAUCE TARTARE !

BON ! Te voilà esclave dans les cuisines d'un roi-poisson à des mètres sous l'eau. Toi qui croyais te faire bouffer par ces mutants, TU AVAIS TORT ! C'est qu'ils ne mangent pas n'importe quoi… EUX !

FIN

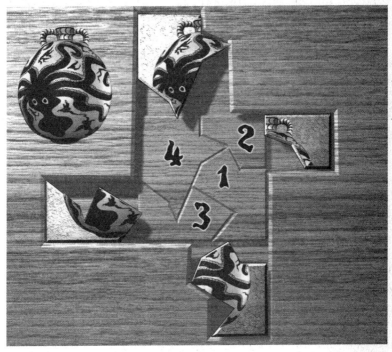

Pour reformer le vase ancien et ainsi ouvrir le coffre, crois-tu qu'il faudrait faire glisser les plaquettes de bois vers l'intérieur en suivant cet ordre : 1, 3, 4 et 2 ? Si oui, va au chapitre 35.

Tu penses qu'il serait mieux d'essayer plutôt dans cet ordre-là : 4, 2, 1 et 3 ? Rends-toi, dans ce cas, au chapitre 26.

95

Avec le plan des égouts de Jean-Christophe, vous parvenez à atteindre le quai principal du port.

Devant vous, la mer semble calme, trop calme. Il n'y a pas de vague, c'est très étrange. Sur le sable, des pistes de pieds palmés vont directement vers la mer. Dans le hangar où est remisé tout le matériel pour l'entretien du port et des installations, vous trouvez des équipements de plongée. Tous les trois, vous revêtez ces costumes d'homme-grenouille et vous vous approchez de la rive.

« Bon ! fait Marjorie avant que vous ne plongiez dans l'abîme du port. Je vais faire les présentations. »

De son sac à dos imperméable, elle sort une arme curieuse avec un très gros canon.

« Lance-boum, je te présente mes amis les Téméraires, fait-elle, sous votre regard étonné. Mes amis, je vous présente lance-boum. Tu vises et tu appuies sur la gâchette. Un ressort hyper puissant catapulte où tu vises une petite bombe puissante. Avec ça, tu peux transformer en confettis n'importe quelle créature, terrestre ou marine. »

Tu souris à Jean-Christophe.

« Tu sais que ta sœur est complètement folle ? » lui dis-tu en plongeant dans l'eau…

… *jusqu'au chapitre 4.*

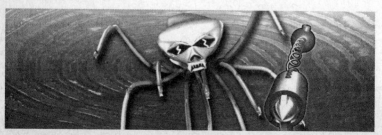

96

Une lueur éclaire de façon curieuse le corridor. Tu arrêtes de nager, et soudain tes deux pieds touchent le plancher. Tu regardes minutieusement autour de toi, cherchant la provenance de cette étrange lumière. Tu es sur le point de poursuivre ton chemin lorsque tu constates que le mur à ta gauche… A DES YEUX QUI VOUS FIXENT !

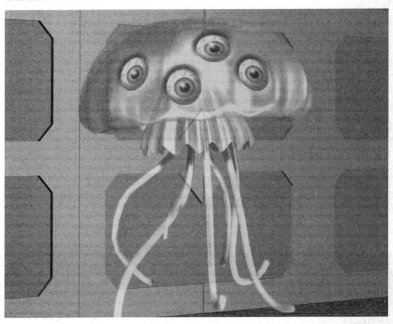

NON ! Tu ne rêves pas… Rends-toi au chapitre 103.

97

Derrière toi, le pirate te pourchasse. Tu montes en courant, deux à la fois, les marches de l'escalier jusqu'à l'entrepont. Le pirate suit ta trace comme un missile autoguidé. Tu zigzagues entre les canons pour essayer de le semer, mais rien à faire, il te poursuit toujours. Tu t'arrêtes net et tu attrapes la première chose qui te tombe dans les mains pour t'en servir comme bouclier. C'EST UN PETIT COFFRE !

Ce n'est vraiment pas le temps de te réjouir de ta trouvaille. PROTÈGE-TOI ! Lève les bras et place le coffre devant toi.

Vas-tu réussir à parer la deuxième attaque du sabre ? Pour le savoir, ferme ton livre, place-le devant toi, comme s'il s'agissait du coffre... ET NE BOUGE PLUS !

Si tu as devant les yeux LA COUVERTURE DE TON LIVRE, tu as réussi à te protéger du sabre qui vient de se planter dans le coffre. Va au chapitre 20.

Si, par contre, tu as devant toi le résumé du livre, MALHEUR! Le pirate a contourné le coffre pour venir placer son sabre... JUSTE SOUS TON MENTON ! au chapitre 105.

98

Par les signes sur le mur, vous parvenez à comprendre qu'il suffit de pousser sur une de ces pierres pour actionner les pompes et évacuer l'eau des lieux.

Rends-toi au chapitre inscrit sous la pierre que tu as choisie.

99

La grotte s'ouvre sur un vaste cimetière. Il n'y a plus aucun doute dans ton esprit, ce château appartient à un descendant de Dracula. C'est cent fois TROP lugubre… Mais qui peut bien avoir construit ou transporté ce tas de vieilles briques ici ? Un comte vampire amateur de fruits de mer ou un milliardaire complètement zinzin ?

Tu jettes des regards affolés partout autour de toi, comme si c'était la première fois que tu te retrouvais dans un endroit pareil. Pourtant, des dizaines de fois tu t'es retrouvé entre de vieilles pierres tombales fissurées et penchées comme celles-ci…

Les dents de Marjorie claquent dans sa bouche. Tu te retournes vers elle. Gênée, elle retient sa mâchoire avec ses mains. Jean-Christophe, comme toujours, est en admiration. L'architecture l'a toujours intéressé…

Parlant d'architecture, la lourde porte du château se dresse devant vous.

Inutile de frapper, car elle s'ouvre TOUTE SEULE… au chapitre 102.

100

Vous essayez de vous agripper aux murs glissants sans toutefois réussir. Les minutes se succèdent, et vous tombez toujours. Tu regardes sous tes pieds et aperçois la surface miroitante d'un lac. Tu serres les dents, et **PLOUCH** !

Tu nages pour demeurer à la surface. Marjorie et Jean-Christophe tournent autour de toi et cherchent un quai ou un quelconque endroit où sortir de l'eau. Il n'y a rien d'autre que des murs de pierre. Êtes-vous emmurés vivants ?

Il règne un silence total, surnaturel, comme la nuit dans un cimetière. Tes bras commencent à te faire mal. Vous ne pouvez pas rester là indéfiniment à nager comme des poissons rouges dans un bocal de verre. Tu plonges à la recherche d'un passage sous l'eau. Une lueur lointaine te donne un peu d'espoir. Tu fais signe à tes amis de te suivre, et vous plongez tous les trois. Le long tunnel vous conduit dans une grande salle remplie d'étagères poussiéreuses. Des flambeaux crépitent… CET ENDROIT EST HABITÉ !

Vous sortez tous les trois de l'eau.

« Nous sommes peut-être tombés sur le château d'un certain roi-poisson », soupçonne Marjorie.

Sur une table est posée une clé macabre taillée dans un os humain au chapitre 39.

101

Habituellement, tes amis t'écrivent toujours en codes, mais pas cette fois-ci. Ça semble urgent…

« Rends-toi tout de suite au port de Sombreville, t'ont-ils écrit. C'est très important que tu emportes TOUT l'équipement…

— Ah non ! fais-tu en soupirant. Ça sent la catastrophe encore une fois… »

Tu poursuis la lecture du courriel…

« Nous allons tout t'expliquer là-bas. Maintenant, c'est très sérieux, et je ne crois pas que nous allons sortir vivants de cette aventure. »

Tu t'habilles en vitesse et tu attrapes ton sac à dos toujours prêt pour les urgences. Dehors, le soleil brille, mais tu sens que ça ne sera pas une belle journée. Juste comme tu mets le pied sur le trottoir, le bus scolaire s'arrête, comme il le fait toujours à cette heure-ci. Tu l'avais oublié celui-là…

CHHHHHHH ! La porte s'ouvre…

« Bonjour ! te dit madame Laurence. Allez, monte ! Je n'ai pas toute la journée. J'ai des tonnes d'élèves à livrer », rajoute-t-elle en souriant…

Rends-toi au chapitre 37.

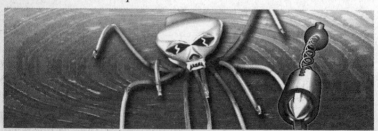

Par expérience, tu sais très bien qu'un vaste hall d'entrée poussiéreux et plein de toiles d'araignée vous attend une fois le seuil franchi. Mais, à ton grand étonnement, vous découvrez tous les trois… UN GIGANTESQUE JEU D'ÉCHECS !

BLAM ! Derrière vous, la porte vient de se fermer violemment…

Tu regardes tes amis, aussi surpris que toi. Tout à fait à l'extrémité du jeu, vous remarquez deux portes, la seule voie possible maintenant.

Pour traverser, il vous faut jouer. Et c'est à votre tour, au chapitre 36.

103

C'est une méduse gélatineuse aux tentacules empoisonnés ! Vous prenez, sans chercher à bien vous orienter, plusieurs corridors jusqu'à ce que vous soyez complètement perdus.

Vous arrivez devant une écoutille tordue comme si elle avait été enfoncée. Derrière se trouvent de gros tuyaux et plusieurs immenses moteurs diesel. C'est la chambre des machines. Des algues vertes passent par un grand trou dans la coque. Ce sous-marin a probablement été touché par une grenade marine jetée par-dessus bord par un destroyer, et vous avez trouvé l'endroit de l'impact. Vous sortez de l'épave.

Marjorie te fait signe qu'elle n'a plus d'air dans sa bonbonne, car elle n'arrive presque plus à respirer. Tu regardes à ton poignet ton manomètre. Il indique 42 kilogrammes, donc encore une heure quinze d'oxygène. C'est donc impossible que Marjorie soit à court, car vous avez le même équipement.

Tu avances vers elle et constates que la méduse lumineuse s'est collée à son dos. Lorsque tu tentes de lui venir en aide, la méduse déroule son plus long tentacule et l'enroule à ton cou. La lumière devient vraiment vive, et des dizaines de méduses dansent autour de vous. Elles se rapprochent, et se rapprochent…

FIN

Vous étudiez le mécanisme d'ouverture. Dans quel sens devrez-vous tourner la manivelle pour l'ouvrir ?

Rends-toi au chapitre que tu auras choisi...

105

La lame tranchante sous ton menton fait trembler tes jambes terriblement. Tu avales ta salive avec bruit. GLOURB ! Dans tes mains, le petit coffre s'ouvre tout seul. À l'intérieur, il y a des doublons d'or, des perles et des bijoux.

« Ce petit trésor m'appartient, grogne d'une voix caverneuse le pirate fantôme. Tu voulais voler les pièces que j'ai durement gagnées lors des pillages de navires. AARGH ! Tu vas le regretter… »

Jean-Christophe et Marjorie arrivent. Ensemble, ils réussissent à soulever un baril de poudre à canon pour le verser sur la tête du fantôme. Les contours noirs du pirate coiffé d'un tricorne apparaissent. C'est le capitaine ! Il entre dans une colère terrible et se met à hurler des ordres à son équipage fantôme. Autour de Jean-Christophe et Marjorie surgissent des poignards, des haches d'abordage et des mousquets.

Tous les trois, vous êtes brutalement traînés par la meute fantomatique jusqu'au pont du navire. Dans l'eau, vous resterez solidement attachés et bâillonnés à un mât, jusqu'à ce que vous ne puissiez plus retenir votre souffle ou jusqu'à ce que ces curieux petits poissons tout autour de vous… DES PIRANHAS ! viennent vous dévorer…

FIN

Vous manœuvrez entre les murs étroits, la tête complètement submergée. De gros bouillons de bulles d'air vous empêchent de voir où vous allez. Il faut parvenir à la surface avant que vous ne manquiez d'air. À mesure que vous nagez, vous sentez une immense main qui vous enveloppe. Est-ce Neptune, le fameux dieu des mers, qui est venu lui aussi se venger de votre intrusion dans son domaine ?

Collés l'un à l'autre entre des tonnes de poissons, vous vous sentez tirés vers la surface. Autour de vous, l'eau finit par s'écouler entre des poissons qui gigotent. Vous apercevez, tout surpris, le ciel bleu.

« Où sommes-nous ? » réussit à te demander Marjorie, à l'envers, le visage collé à un gros poisson.

Tout tourne autour de toi, et tu aperçois la coque d'un navire.

« SACREBLEU ! hurle un pêcheur au capitaine. Dans notre filet, nous avons réussi à attraper bien plus que du saumon. Nous avons aussi capturé… TROIS SARDINES GÉANTES ! » ajoute-t-il en riant.

Heureux que tout soit fini, vous lui renvoyez son sourire. Oui, tout est bien terminé, mais il y a un gros HIC ! C'est que vous allez tous les trois sentir très mauvais pendant… PLUSIEURS SEMAINES !

FÉLICITATIONS !
Tu as réussi à terminer…
Eau-secours !

LES LIVRES PASSEPEUR TE FONT VIVRE DE GRANDES AVENTURES ? EH BIEN LA PLUS GRANDE DE TOUTES EST... D'ÉCRIRE UN PASSEPEUR !

Dans les quelques pages qui suivent, je te donne ce que j'appelle :

LA RECETTE DIABOLIQUE

pour concocter à tes amis...

UNE HISTOIRE À LEUR FAIRE DRESSER...

LES CHEVEUX SUR LA TÊTE !

INGRÉDIENTS

Un crayon à mine
Plusieurs feuilles lignées
Un ordinateur muni d'un logiciel de traitement de texte
(facultatif)
Un dictionnaire
Des livres de référence
Un bestiaire qui traite d'un tas de monstres répugnants
et dangereux
Et un cerveau plein d'idées…

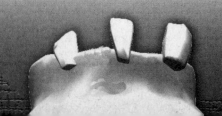

PREMIÈRE ÉTAPE...

Tu dois tout d'abord déterminer quelle sorte de monstre terrifiant sera la vedette de ton livre. Un loup-garou, un vampire... UN MUTANT À TROIS TÊTES ? À toi de décider, car c'est toi l'auteur.

DEUXIÈME ÉTAPE...

Trouve un bon titre pour ton histoire. Cette phase de la création d'un livre est pour moi très importante, car c'est elle qui me propulse dans l'histoire. Un titre original et drôle m'encourage à l'écrire. Regarde les titres des livres Passepeur et tu vas comprendre...

TROISIÈME ÉTAPE...

Détermine la dimension de ton livre et fais la couverture : illustration, titre et ton nom.

QUATRIÈME ÉTAPE...

Maintenant que tu as trouvé le genre d'histoire et le titre de ton livre, tu dois faire le plan de ton histoire. Sur une feuille lignées, reproduis le schéma illustré sur la page suivante.

TON LIVRE EN 3 PARTIES

1   **LA SITUATION INITIALE**

2   **L'INTRIGUE**

3   **LE DÉNOUEMENT**

Une histoire complète et qui se tient doit comporter au moins ces trois parties. Décris en quelques lignes, dans chacun des rectangles, l'idée générale de chacune de ces parties de ton livre. Afin d'écrire un livre qui possède tous les attributs d'une bonne histoire, tu dois ABSOLUMENT respecter ces critères. Conserve bien cette feuille, car elle te servira tout au long de ton projet d'écriture.

Maintenant, voici l'exemple d'un plan de livre dans lequel le lecteur décide du déroulement de l'histoire. Le plan de ton livre à choix multiples pourrait ressembler à celui-ci.

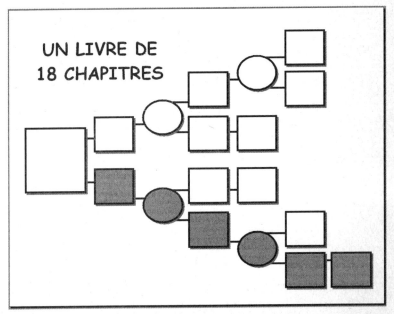

UN LIVRE DE
18 CHAPITRES

Chaque rectangle est un chapitre du livre. Les formes ovales représentent les chapitres où le lecteur doit effectuer un choix dans l'histoire. Tu peux dessiner un plan qui serait mieux adapté à tes besoins, avec plus ou moins de chapitres. LIBRE À TOI ! Tu es l'auteur du livre, après tout…

VOILÀ ! Tu es prêt à écrire la plus grande aventure jamais écrite…

QUELQUES CONSEILS…

Garde sur toi un petit calepin, car on ne sait jamais. Une bonne idée pourrait surgir dans ta tête, comme cela, dans la cour d'école par exemple. Il est important de pouvoir la noter avant de l'oublier. Crois-en mon expérience, c'est vraiment moche de perdre une idée géniale…

Lorsque tu as écrit une partie de ton texte, fais-le lire à tes parents ou ton professeur pour qu'ils te donnent leur opinion. La qualité de ton travail ne s'en verra qu'améliorée…

PRENDS BIEN TON TEMPS ! N'essaie pas d'écrire ton livre en une journée. Le travail des auteurs peut prendre quelquefois… DES ANNÉES !

Une fois ton livre terminé, tu peux l'emporter dans un centre de fournitures de bureau pour faire des photocopies. Ensuite, fais boudiner les pages… COMME DE VRAIS LIVRES ! Distribue-les à tes amis… Je crois qu'ils seront très impressionnés.

BRAVO ! Tu peux en être fier…

VOICI QUELQUES LIVRES ÉCRITS PAR DE JEUNES AUTEURS DE L'ÉCOLE MADELEINE-DE-VERCHÈRES, À

Alexandra Aloi

Berline Calixte

Carl Gendron

Cindy Louis-Pierre

Gaia Schiavon

Jessica Rodas

Kim Charbonneau

Lynda Larbi

Pénélope Bégin

Maxime Bégin

Taysa-Marie
Cueva-Velikoivan

N° 23 EAU-SECOURS !

Tout le monde sait que la mer cache, depuis toujours, d'horribles secrets. Dans une ville engloutie et oubliée, située à mille mètres sous la surface, vivent… DES CRÉATURES ÉTRANGES ! Prends une grande respiration et plonge dans les abîmes de cette dangereuse aventure.

UN LIVRE PALPITANT QUI SE JOUE À LA FAÇON D'UN JEU VIDÉO…

Oui, ce livre n'est pas qu'un simple livre… C'EST TON AVENTURE ! Et dans ton aventure, c'est toi qui décides du déroulement de l'histoire. ATTENTION ! Ce livre contient aussi un jeu original qui pourrait transformer ton histoire en vrai cauchemar… LE JEU DES PAGES DU DESTIN !

Il y a 22 façons de finir cette aventure, mais seulement une finale te permet de vraiment terminer… *EAU-SECOURS !*

LIRA BIEN QUI LIRA LE DERNIER…

Boomerang
Éditeur jeunesse

www.boomerangjeunesse.com
info@boomerangjeunesse.com

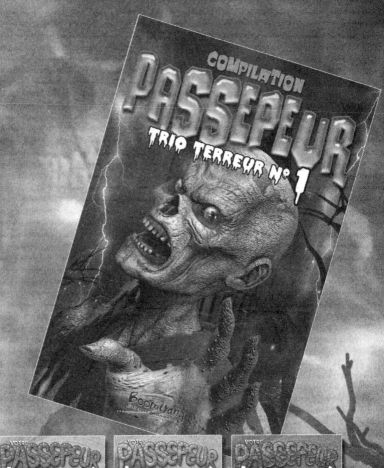

COMPILATION

PASSEPEUR

TRIO TERREUR N° 1

COMPILATION

PASSEPEUR

TRIO TERREUR N° 2

VOTRE PASSEPEUR POUR UN HORRIBLE CAUCHEMAR

15 NAUFRAGÉS SUR CRÂNE

VOTRE PASSEPEUR POUR UN HORRIBLE CAUCHEMAR

SUPPRIMER OUI

18 L'ORDINAPEUR

VOTRE PASSEPEUR POUR UN HORRIBLE CAUCHEMAR

27 LE TEMPLE KÔCHEMORT

COMPILATION
PASSEPEUR
TRIO TERREUR N° 3

Boomerang

COMPILATION

PASSEPEUR

TRIO TERREUR N° 6

COMPILATION

PASSEPEUR

TRIO TERREUR Nº 8

VOTRE

PASSEPEUR

POUR UN HORRIBLE CAUCHEMAR

Nº 6 LES GLUANTS DE L'ESPACE

VOTRE

PASSEPEUR

POUR UN HORRIBLE CAUCHEMAR

Nº 17 LA FUSÉE MÉDIÉVALE

VOTRE

PASSEPEUR

POUR UN HORRIBLE CAUCHEMAR

Nº 22 LA TOUR EST FOLLE

COMPILATION

PASSEPEUR

TRIO TERREUR N° 9

VOTRE **PASSEPEUR**
POUR UN HORRIBLE CAUCHEMAR

7 LE CIMETIÈRE FLOTTANT

VOTRE **PASSEPEUR**
POUR UN HORRIBLE CAUCHEMAR

11 LES MAUVAIS TOURS DE MAGGIE NOIRE

VOTRE **PASSEPEUR**
POUR UN HORRIBLE CAUCHEMAR

21 LE MONSTRE DE ZOMBIVILLE